去年夏天

尚曼子 著

上海文艺出版社

赛可又在半夜醒过来了；翻来覆去难以再次入睡，反而感觉越来越清醒。她拿起手机胡乱翻看，一条新消息推送到眼前："赛可，考虑好了没有，是否决定暑假陪女儿来英国上夏校？给你联系好了我在利兹市的朋友，每周一千英镑食宿全包，跟她学习英语、一起出游。怎么样，赶快决定吧！"她长嘘一口气，呆呆地望着黑暗中的天花板，是该透口气了！

1

赛可笨拙地提着行李箱下火车，感受着陌生与新鲜，抬头望望天空，深色的蔚蓝像是慌张着要躲起来。她随着人流，朝着幽暗橘色的远处走去。来到闸机口，一对中年夫妇静静地立在对面，望着她。

"就是他们了。"赛可很确定。

她微笑着走过去。

"您好，罗斯！"赛可说。

"你是赛可？"女人问。

"是的，我是！"赛可回答。

"很高兴见到你！"女人伸出手，稍显困惑。

"很高兴见到你！我们来拿行李箱吧！"男人有着略微沙哑的嗓音。

女士微蹙眉头，并无期许中的那种主人好客的微笑，男士语

气热情随和，似乎很好相处。

车上，三人随意地聊着。

"你从上海来？"男人语气里透着开朗。

"是的。"赛可说。

"在伦敦乘火车？"男人问。

"不，朋友开车带我去布里斯托送女儿入学，然后送我到伯明翰火车站，在那里乘火车。"

赛可说话时有些急促，她努力搜索着脑海中的英语词汇。

"哦，那你一定很累了！"一路上女人只是开车，此刻她终于开口，"你需要洗个热水澡，好好睡一觉。"

"还可以，不算累。"赛可说。

一阵寂静。

"你知道吗？我们有一条狗。"男人打破沉默，"你喜欢狗吗？"

"喜欢，我喜欢狗。"赛可回答。

"太好了！他的名字叫波罗！一条很笨的狗！如果他见到你，他会不停地跳啊跳！"男人加上了手势，"像个孩子，不停地跳，根本停不下来！不过他很友好。用不着害怕，他只是很兴奋！"

虽然赛可不能听清楚每个字，但是她迅速捕捉到了"他"这

个字！一条公狗，男人用了"他"而不是"它"。

"愚蠢的狗！但是不用怕，他就像个孩子。"男人坐在赛可前面的位置，微侧着头，像是对她强调着，又像是喃喃自语。

天色即将完全暗沉下来，赛可抓紧这一刻赶紧打量窗外。汽车穿过城市，来到郊外，视野逐渐开阔，两边大树林立。车子转弯上行到一条坡路，急拐到路旁一个院子里停下。

"我们到家了！"男人提高嗓音，"我来帮你拿箱子。"

"请进吧！"女人下了车，站在门口说，"一楼这边是餐厅和客厅，卧室在二楼。"她向赛可介绍着，"你要在客厅休息一会儿吗？还是先到自己房间？"女人站在楼梯口问道。

"去房间吧！"赛可说。

"亚历！客人到了！"女人冲着楼上喊。

赛可跟在女人身后，从紧对大门的狭窄楼梯来到二楼狭窄的过道，三个卧室的门紧挨着，从最左侧房间里走出一个青年，浓眉大眼，深棕的头发，脸庞瘦削。

"这是我儿子！"女人跟赛可说。

"很高兴见到你！我是亚历山大！"青年明亮的眼睛注视着赛可。

"见到你很高兴！"赛可冲他微微一笑。

"你叫什么名字?"青年人问。

"赛可。"赛可说。

"赛可,欢迎你的到来!"青年说。

"谢谢。"赛可说。

"最右边,靠近楼梯的房间是浴室。"女人继续介绍,"中间这个房间是你的卧室。"女人边走进去边说,"你用右边的衣柜,另外一边放的是我儿子的衣服。我还有个大儿子,我的大儿子他叫克里斯汀。如果他'砰'的一声闯进来,你不要惊讶,他可能要找他的衣服。我是说,他风风火火的,说不定突然就闯进来了。"

"哦……"赛可点点头。

"你休息一下吧!"女人说着走出了房间。

赛可打量着房间,床品刚换过,是崭新的;宜家的吊灯和衣柜书桌,床前地上是一块雪白的羊皮毯;白色的百叶窗和同样是白色的落地纱帘,敞亮宽大的玻璃窗外是此刻静谧的街道,偶尔有汽车经过的声音。

打开行李箱,赛可取出两盒巧克力,下楼来到餐厅,这是个餐厨一体的房间。

"嗨!"赛可轻声打着招呼。

女人和男人正在亲密地谈论着什么，看到赛可出现于是同时抬头望着她。

"嗨！你还好吗？"女人条件反射般地说道。

"这个，送给你的。"赛可说着把巧克力递给了女主人。

"哦，谢谢你！"女人说。

"哦！这个是非常好的巧克力！"男人凑过头看了一眼，快速说道。

"中途转机，在迪拜停留了两天——来自迪拜的礼物！"赛可说。

"哦！你去了迪拜！"男人说。

"是的。"此时，赛可才看清楚男人的脸，棕红的皮肤，银灰色的卷发，精瘦的脸庞，说起话来喜爱用手比划。

"我经常去迪拜出差，以前还在那里工作过一段时间，你知道吗？这个是非常好的巧克力！"男人说。

"不太知道。我看是德国生产，包装上写着'迪拜的问候'，就买了这个。"赛可说。

"是的是的！这个牌子的巧克力非常好，非常好！"男人说道。

"谢谢你！"赛可由衷地感谢这个男人。

"想来一杯咖啡或者茶吗？"女人问。

"谢谢,白开水就可以了。"赛可看到了一旁的电水壶,"我自己来吧!"

"你放心,这里的水质非常好。"男人忙不迭地解释,"不用担心,水质非常非常好,净化过的,所以非常好,很安全。"

赛可一边微笑点头一边拿起电热壶。

"把这里当成一个家。"女人微微挑着眉毛,"你知道,这里是家,不是酒店,有什么需要尽管说,但是你不能一直按铃。"

赛可有点意外,她微微一笑,给自己倒了杯水。

"我可以把水端到楼上吗?"赛可问。

"当然。"女人说。

"谢谢,那我上楼休息了。"赛可说。

"晚安!"女人说。

"晚安!"赛可说。

2

赛可从睡梦中醒过来，拿起手机看了看时间，惊讶自己竟然没有经历时差的困扰。她听到楼下的响声，估计女主人已经起床，自己也起床洗漱下楼。

"早上好！"女人看到赛可，于是问候。

"早上好！"赛可回应。

"睡得好吗？"女人问。

"还不错，你呢？"赛可问。

"我睡得可不怎么样！"女人说，"昨天睡得很晚，今天一早就去机场送杰夫。"

"你已经去了机场，回来了！？"赛可问。

"是的，杰夫他在意大利南部一个小城市工作。"女人微微一笑，"看这里！"

赛可顺着手指的方向望过去，房间尽头的墙上有一块小黑

板，上面写着：

"欢迎来到利兹，赛可！
来自 罗斯
克里斯 亚历 杰夫
波罗"

旁边还画着一张笑脸。

"哦！谢谢！"赛可咧开嘴笑。

"这个名字是波罗，"罗斯指着其中一个名字说，"你记得波罗吗？"

"当然。"赛可说。

罗斯点点头，"吃过早饭，我将带你去市中心逛一逛，我们在那里吃午饭，然后回来，可以吗？"罗斯问。

"当然，好的。"赛可说。

"想要来杯咖啡或者茶吗？这里是咖啡胶囊，这里是茶，有红茶、绿茶，这个是中国茶。"罗斯指着方桌的抽屉，方桌上摆放着烧水壶和咖啡机。

"你有中国茶！"赛可有些惊讶，"在中国，哦……中国人喝

茶，要喝功夫茶……就是说，不用这种茶杯泡茶，要用专门的茶具，怎么形容呢？"赛可想介绍中国的茶文化，却感到力不从心，"不管怎样，红茶吧！我自己来。"赛可努力表明，自己不愿意麻烦别人。

"好的。"罗斯似乎比较满意。

"你知道，这里是家不是酒店，你不能一直按铃。"罗斯又一次说道。

说这话的时候她总是一样的表情，眉毛微挑，定定地看着赛可。

吃过早饭，两人准备出门。赛可坐上副驾驶的位置，这才看到前方有一辆白色房车，就在车子发动即将往后倒车的时候，房车的窗帘一角慢慢地、不易被觉察地往上撩了一丝，然后快速落下。

"里面住了人！"赛可暗想，"罗斯的大儿子！"透过墨镜，她目不转睛地看着前方，不由地抬了抬下巴。

车子缓缓倒出庭院，疾驰而去。

天气真好！车子缓慢地行驶在市中心古老的街道上。

"看那里，那是利兹谷物交易中心（Leeds Corn Exchange）。"罗斯介绍。

前方道路尽头有一座古老的圆形建筑，土褐的颜色略显陈旧，和周围建筑的色彩倒是和谐，赛可原以为那是个剧场。

"这座建筑建于1864年，是英国保存最完好的维多利亚式建筑之一，一级保护建筑，是利兹市中心的地标建筑，它的设计者还设计了利兹市政厅。过去的农民都在这里进行谷物交易，是这个地区的经济中心，1985年被改造为购物商场。"

赛可并不能完全听懂罗斯所讲的内容，只是配合着点头，"谷物交易中心"倒是听明白了。

停好车，两人来到一处室内农贸市场。

"这里是利兹的柯克盖特市场（Kirkgate Market），欧洲最大的室内集市，这里既是农贸市场，可以买到新鲜的蔬菜和肉、针线布头，也可以买鲜花，喝咖啡，或者吃顿饭。"

"哦这里！"罗斯指着旁边的一家肉铺，"克里斯汀总在这里买肉，买给波罗。"

赛可想尽情感受这个充满着浓浓生活气息的地方。巨大敞亮的玻璃天顶覆盖了整个市场，农贸市场中常有的那种潮湿腥膻的

粘腻气味,遇到天顶射下来的阳光似乎也遁迹匿行了。肉铺里的小哥不仅长相帅气,身姿挺拔,脸上还带着好看的微笑。

"你知道玛莎吗?玛莎百货(Mark&Spencer)?"罗斯问。

"知道!上海淮海路曾经有一家很大的门店。"赛可说。

"起源于这里。"罗斯说。

"这里?我以为它是伦敦的品牌。"赛可说。

"它诞生之时的首家零售店'一便士杂货铺'就在这里——这个市场!曾经迁出了,不过现在又回来了。"罗斯介绍。

"哦!它在上海经营不善关门了。"赛可觉得有些惋惜。

"这里是维多利亚购物中心。"来到一处室内购物长廊,罗斯继续介绍着。

赛可打量着穹顶的彩色玻璃,蓝绿红黄相间的格子夹杂着地图一样的图案,先锋时尚又华丽古典。两边是拱廊街,看不到国际都市购物中心的大牌奢侈品店,都是陌生的商铺名字,陈设精致又考究。

穿过附近的步行街,来到一个现代建筑风格的购物中心——利兹三一(Trinity Leeds),国际都市中为人所熟知的高级品牌这

里几乎都有了。挑空的中庭广场直通天空，巨型雕塑垂吊在通透的玻璃格子的屋顶，像是从天而降；屋顶外面，远处高耸的教堂塔楼直插云霄。

赛可抬头看看头顶的蓝天白云，就像巨幅的数码风景画，蔚蓝而纯净。

罗斯带赛可来到二楼一家意大利餐厅，两人已经很累了。

赛可胡乱看了一通菜单，"你帮我点吧，和你一样就行！"

"我可以给你介绍。"罗斯说。

"那好吧。"赛可点点头。

赛可选择了相对便宜的一种汤和主菜。一个年轻的女服务员轻声细语询问着她们是否对什么食物过敏，确认菜单，并不时走过来照看和询问食物有没有什么问题。

赛可望着来来去去的这个温柔女孩，心情不由地变得轻松起来。

"你丈夫他真是一个好人，我是说，他非常的温和善良。"赛可说。

"他不是我丈夫，"罗斯定定地看着赛可，"他是我男朋友。"

"哦！抱歉！我不知道、哦他……"赛可非常意外。

"他这个周末从意大利过来看我。"罗斯说。

"他会在意大利呆多久？"赛可问。

"他的家就在意大利，他不是英国人。"罗斯说。

"哦！他是意大利人！"赛可几乎是惊呼起来。

"不，他是澳大利亚人！"罗斯又说。

"澳大利亚！他是澳大利亚人！"赛可感觉自己甩了甩头，"所以，他英语很好……"她喃喃自语。

回家的时候已经是傍晚时分，金灿的阳光洒在路面。

车子驶入上坡的那条道路，路边一辆红色轿车正好停在赛可卧室的窗下。驶过这辆车的时候，赛可扭头看到里面有三四个人开着车窗正在大声说笑，与此同时，里面的人也在扭头看着她。

车子左转，从门口高高的路面下坡驶入院内，停下。

赛可下车转身看到一个年轻人从大街上走进来，站在大门口。

"你好！我是克里斯汀！"年轻人说。

"你好！"赛可迎上去。

"你叫什么名字？"克里斯汀问。

"赛可。"赛可回答。

"赛可，欢迎你！"克里斯汀伸出手。

"谢谢！"赛可抬头看他。

不知是克里斯汀背对阳光的缘故，还是因为赛可戴着深色的飞行员墨镜，她看不清楚他的脸，只是感觉他人很高大。

"他竟然留着长发，"赛可心中仿佛耸了下肩，"罗斯可是在学校工作呢！"

3

利兹的夜晚来得真慢，八九点钟天还是大亮，只是天空的蓝色越来越浓郁了。

"你不用总是吃完晚饭就去卧室。"罗斯跟赛可说。

"哦，我只是，只是想给你、给你们留些家庭时间。你知道，我不想打扰你们。"赛可说。

"不不不，你可以留下来，和我们在一起。"罗斯说，"喜欢看电影吗？"她接着问。

"是的，喜欢，非常喜欢。"赛可说。

"那么，我们今晚可以看一部电影。"罗斯说。

"哦，这个，这个嘛，我看不太懂，全英文我不行的。"赛可有些难为情。

"不要担心，我会给你讲解。你不觉得这是个很好的学习英语的机会吗？"罗斯说，"你喜欢什么电影？"

"许多许多，许多类型，除了恐怖片。"赛可说。

"喜欢哪些电影演员？"罗斯问。

"许多许多，"赛可不禁笑了起来，"斯嘉丽·约翰逊、还有娜塔莉·波特曼。"

"让我想想，我想一下……"罗斯微侧着头，"哦，今晚我给你看一部讲述英国王室历史的电影——有一位国王，亨利六世，你知道他吗？这个国王英俊潇洒，也许因为他太英俊了，所以从小到大都被身边的人宠坏了，为了生一个儿子，他一生中娶了六个妻子。这部电影里，主要讲了两个妻子，一个是斯嘉丽饰演，另一个是娜塔莉。"

"哇呜！"赛可低声叹道。

"看过吗？"罗斯问。

"没有！我看过她们俩的海报，电影还没有看。"赛可说。

"好的！"罗斯点点头，"让我们看看这部影片吧！"

罗斯先去餐厅打开一瓶红酒，然后拿了酒杯端到客厅。

"你平时喝酒吧！"罗斯问。

"是的。我时常喝一点红酒，夏天会喝啤酒。"赛可说。

"如果你有兴趣，"罗斯拿着遥控器，一边操作一边说着，"我约几个朋友到家里来，我们搞一个品酒会。"

"太棒了！我很喜欢！"赛可说。

"好的，那就这么定了。哦……好了，找到了，就是这部电影！"罗斯说。

赛可一向不喜欢宫廷剧，国内那些大热的宫廷剧她从来没有完整看过。对于虚构历史情节的后宫剧，赛可很是反感，甚至认为这种戏剧都是些文化糟粕，教人学坏，使人学习勾心斗角而渐失温良质朴——尤其是女人；更别说全英文的宫廷剧，似懂非懂地又有什么意趣！？

赛可强忍哈欠，大口喝酒，酒精的作用加上她喜欢的两个女主角，赛可开始努力理解剧中的人物情境，不时和罗斯讨论一两句。

"混蛋！"赛可被自己吓了一跳，自己竟然用英语蹦出了这个词语，想到这个英文单词的本意她立刻就红了脸，后悔不已。

她对剧中亨利六世的行为实在是感到愤慨！

罗斯轻轻笑了一下，轻得像空气。

剧终，爱情游戏结束，国王的妻子人头落地——她被自己深爱的丈夫砍了头！

两人端着酒杯一时无语。

"感觉怎样？"罗斯打破沉默。

"有意思，这个国王拥有一切，却不能得到一个儿子！毕竟，他娶了那么多妻子。"赛可说，"这就是命运吧！"

"我觉得是天命。"罗斯说，"命运和天命不尽相同，天命更像是决定好了的。比如我们俩相识，则更像是命运。"

赛可点点头，"女人，你的名字叫可悲！"她想起了莎翁的话。

"你为什么来到利兹？"罗斯问。

赛可扭头看了看她。

"当然，为了陪女儿读夏校。"罗斯晃动着酒杯，"但是女儿住校，一个月，这么长的时间，你在休假吗？"

"算是吧。"赛可说。

"是啊！有了好的经济条件，生活就能自由开心。"罗斯呷了一口杯中的红酒。

"但是，实际上，"赛可犹豫着，"来到这里之前，我一度失语，把自己关起来，不想和任何人讲话。"

……

"我妈妈刚刚过世了。"赛可说。

"哦！我很遗憾！"罗斯扭头看着赛可。

"我尽力让自己开口，"赛可呜咽起来，"努力打起精神，表

现出镇静，但是……"

罗斯默默递上了纸巾。

"非常抱歉，实在是抱歉！我不想哭，我不应该在这里哭，不该影响你的心情。"赛可竭力控制着嗓音。

"我今天太情绪化了，可能是因为刚刚的电影，也可能是酒精的作用。"赛可露出难看的笑容。

"你和你的妈妈很亲密。"罗斯说。

"但是，她离开了我，我……"赛可觉得不该再讲下去，过度的情绪有失涵养，她不能用坏情绪影响别人。

"抱歉！"赛可说。

"我和我的妈妈不亲密。"罗斯啜了一口红酒，"我更爱我的爸爸，我的妹妹和妈妈关系更好；我还有一个大哥和一个姐姐。"

"今天说起命运，"罗斯扭头看着赛可，"跟你讲讲我的命运。"

"你知道，我现在是单身，我离婚了。我的丈夫，前夫！非常英俊，人很温和，认识他的人都说他是个好人。他总是对什么都无所谓，只要吃饱饭就开心，整日只是开心。起初我想只要两个人相爱就可以了，我觉得很幸福。后来有了克里斯汀，四年后又有了亚历山大，我每天辛苦工作。但是，我不能独自养活四个人！终于有一天，我无法忍受了，跟他提出了离婚。"

……

"我们离婚了。但是你能想象吗？离婚后，他竟然立刻搬到我姐姐家，和我姐姐同居了！我的姐姐，我自己的亲姐姐！"

"后来，我遇到了另一个男人。"罗斯自顾自地讲述，听上去像是在讲别人的故事。

"他非常富有，风趣又幽默，我们住在一所大房子里，那几年我们很快活。重要的是，他对我的儿子很好，他很爱亚历山大，亚历山大也很爱他，非常爱他。亚历山大那时还小，所以一直把他当作自己的亲生父亲。克里斯汀年龄比较大，没有像弟弟那样依恋他，但由于经济条件好，物质上能得到满足，就像是'好吧，我有很好的生活，这样也不错。'因此相安无事。"

……

"是的，很好。直到有一天，一个女人来找我，说她才是他的妻子，她们已经共同生活了好几年，并且已经有了孩子。天知道他同时还有几个家！然后，我们分开了。那个男人搬了家，从此再也没有出现过——彻底消失了。亚历山大沮丧了很长一段时间，他不明白为什么'爸爸'就这样走了，为什么再也没有见到过'爸爸'。他还那么小，他一直盼着爸爸来看望他，但是那个男人，从来都没有来看望过亚历山大。"

赛可惊讶到无语，回过神的时候又想说"混蛋"，话到嘴边忍住了。

"其实我的好朋友刚认识他的时候就提醒过我，总说他不是什么好人。"罗斯咂吧了一口红酒，"有一天她到家里作客，我从外面进入客厅的时候，好友正在指着自己的眼睛，然后又指向那个男人。做出'老实点，我一直盯着你呢！'这种动作。"

罗斯说完忍俊不禁，并且做出这个动作给赛可看。

"看到我走进来，她马上装作若无其事的样子，对着那个男人友好地微笑。"

赛可也不由地笑出了声，"真是一个好朋友！"

"是的，她人很好，非常关心我。"罗斯说。

"这就是人生吗？"赛可感叹。

"这就是我经历过的人生。"罗斯说，"时间不早了，晚安吧！"

"晚安！"

4

一缕阳光照在赛可的脸上,赛可翻身伸了个美美的懒腰,听到罗斯拿着便携音箱在楼梯中上上下下,直到动静消失,赛可才不紧不慢地起床,梳洗,下楼。

"早上好!"罗斯问候。

"早上好!"赛可说。

"你还好吗?"罗斯问。

"是的。"赛可说。

每天都是一样的开场白。

赛可不禁想到自己家里的情景,和丈夫每天起床后各自做着自己的事情,早已习惯了对方的存在以至于感受不到对方的存在,当意识到对方存在的时候,却更加的不自在,这种情形总让赛可感到窒息。

"我们今天去约克。"罗斯说,"晚上,我邀请了朋友来家里

做客。"

"哦,那太棒了!"赛可说。

"这样的聚会对你来说是很好的,有很多话题,你可以练习英语。"罗斯又说。

"是的,很不错。"赛可说。

罗斯和赛可驱车前往约克。

夏季的利兹舒适怡人,湛蓝的天空游荡着滚滚白云,和郊野间的草地共同描绘出天地间的巨幅油画。

路两边广阔的草坪上,三五成群的孩子和年轻人来回奔跑着玩板球。

"听说过约克吗?"罗斯问。

"知道一些。"赛可说。

"约克在利兹的东北部。在将近2000年的时间里,约克一直是北英格兰的首府,现在是北约克郡的自治市。约克起初是盖尔人的据点,罗马人、盎格鲁人、丹麦人和诺曼人都来过这里,我是说,占领过这里。"罗斯像一个真正的导游那样,尽心地讲解,"亚历山大非常喜欢约克。"

车程不远,车子逐渐驶入市内,赛可仔细地观看街道两旁的

古老建筑、城墙，还有集装箱房屋外墙上的巨幅彩绘涂鸦。

车停在了购物中心的停车场，两人来到一个小型的广场，四周坐满了悠闲的人们，一些老人坐在广场中心的躺椅上或看书、或晒太阳。走进旁边的商店，罗斯挑选着一些文具用品，赛可则漫无目的地浏览着商品，然后在落地玻璃窗前驻足。

街道对面是一座带有中世纪尖顶塔楼的老建筑，黑色铁铸的栏杆外围了一圈红色低矮的砖墙。一个身穿黑色短袖T恤、牛仔短裤的中年男人坐在砖墙上看手机，身边是一辆婴儿推车。

砖墙里面是塔楼的大门，门檐上方一片熟悉的蓝色映入眼帘，赛可出神地看着那里。

"哦，梵高！"罗斯不知何时走了过来，望着那片宣传海报说道。

"是的。"赛可说。

"梵高的多媒体画展。你知道他吗？"罗斯问。

"是的，当我是个初中生的时候就看过他的书。"赛可说，"实际上，那本书是他的书信集，都是写给他弟弟的信。"

"你有兴趣参观吗？"罗斯问。

虽然赛可多次在博物馆目睹过这位大画家的真迹，但是在这里，在英格兰北部这个小镇，观看梵高的作品依然令赛可向

往——应该别有意趣吧!

两人走进大门口,罗斯买票的时候示意赛可先行入内,赛可独自穿过狭小黝黑阴凉的过道来到漆黑的大厅,趁着幽冥昏暗的灯光摸索着找到中间一处躺椅坐下。音乐伴随着风声、雨声、春鸟夏蝉、秋虫冬雪的天籁之音;随着乐曲的旋律,大厅四周的墙壁上起伏变换着这位悲情画家的名作。

赛可情不自禁地滑向躺椅深处。

作品影像循环播放着,一遍又一遍……

不知过了多久,一个人影走向赛可。

"我们走吧!"罗斯俯下身在她耳边轻语。

走出大厅是一处偏室,房间一头挂着梵高的自画像,房屋中间是一排亮着台灯的长桌,几个年轻人和一个孩子正在描摹画家的作品。

"想看 3D 影像吗?"罗斯问。

昏暗的房屋尽头,两三个人坐在高脚凳上,头戴 3D 眼镜正在摇头晃脑,其态甚是可爱。

赛可点点头走过去。

影片开始——赛可发现自己正站在乡间的小路上。

就是这里了！

她环顾四周——鲜艳低矮的房屋，脚下过膝的野花野草，纯净湛蓝的天空。她一步步向前走，不时停下来回望。就是这里！这些无数次想象过的场景——翻滚的金色麦浪，挣扎触摸天空的松柏！赛可沿着曲折的小径前行，仔细打量着路旁的那些岩石和其背后躲着的、又不时探出头来的紫色鸢尾花丛。走进一片树林里，金色的阳光从繁茂的枝叶中漏下来，或金黄、或明亮；每到一处熟悉的地方，她就驻足凝望——不，梵高就驻足凝望，在这里沉思作画。

她不想离开，又渴望着远处的惊喜，左顾右盼中缓缓前行，天色渐渐暗了下来。终于，来到了高高的海岸边，脚下不远处有一户渔家，附近的海滩上停靠着几艘温暖破旧的小渔船；远处，海面上晃动着金色的倒影，天空中繁星点点。

不能往前走了，已经是海边了，脚下就是悬崖⋯⋯

就在赛可思忖着返回的时刻，却突然感觉到身体在下坠、下坠⋯⋯继而漂浮穿越于黑暗的时空隧道，之后置身于一间熟悉的小屋！一床、一几、一扇窗，两把破旧的小椅子，墙上的小品画作，门后的浴巾，如此生动鲜明地存在着。多少个日子里，画家写给弟弟的信，无奈求援和略带屈辱的那些信件，就是在这里写

的吧！站在房屋中央，时间已经凝固，只想把此时熟悉又陌生的感觉紧紧地抓住。

猛然间天旋地转，睁开眼睛的一刻，赛可被深深的震撼攫住了心灵，只见自己置身于茫茫宇宙的深处，星河璀璨，浩渺无边，哪里还有什么时间和空间！

……

被工作人员摘下眼镜，赛可坐在那里流连不语。

罗斯走过来，"怎么样？"她问。

"非常感动！"赛可说。

室外的阳光强烈得刺眼，赛可像从一场梦幻中醒来。

"饿了吗？我们去吃点东西吧！"罗斯提议。

来到广场旁边的户外餐饮区，巡视一圈之后，罗斯推荐了一种当地的小吃，在草绿色遮阳篷下坐定，赛可打开油纸包着的食物，一种像北京烤鸭那样的薄饼，包着满满的叫不上名字的鲜红蔬菜和油炸的鱼类，看起来让人很有食欲。

赛可环顾四周，游人熙熙攘攘，旁边坐着几个五大三粗的男人，于是她大口吃起来，配上咖啡，真是完美！

吃过午饭在约克镇上四处闲逛，转角走进一条街道，两旁是

棕红色砖墙的房屋，尖尖的屋顶，木头做的外墙框架，如此眼熟的街道，原来是电影中那条魔法商业街——对角巷！电影《哈利波特》第一次上映时，她还是个年轻的女孩。赛可体会着哈利波特初次来到这里的新奇：有的商店门口挂着魔法扫帚；有的商店屋顶挂满了抓着纸盒展翅飞翔的猫头鹰；堆满了魔法棒和魔法帽的商店，还有红色房屋的"约克糖果店"都令游客们面露惊喜，纷纷拍照留影。忽而还会走过来一位像是从电影中走出来的中年绅士，穿着一身黑衣，头戴黑色礼帽，手拎黑色皮箱，给你递上一张"幽灵之夜"的宣传单，然后神秘一笑转身走开……赛可的内心顿时被童真填得满满当当。

商业古街走到尽头便是约克大教堂所在地了。

赛可游览过欧洲很多国家的教堂，梵蒂冈的圣彼得大教堂，意大利的米兰大教堂、佛罗伦萨的圣母百花大教堂，威尼斯的圣马可大教堂等，这些教堂从建筑美学到宗教文化历史都无比的灿烂辉煌，常令她惊叹于教堂雄伟的穹顶，巨幅的画作——巨大的岩石如何克服自身的重力被搭建成中空的拱形屋顶呢？动辄几百年的工程又怎样持续和衔接呢？

阳光下的约克大教堂壮丽生辉，它是欧洲北部最大的哥特式大教堂。正前方两座塔楼的顶部就像国王的王冠，巨大的窗户形

似主教高耸的帽子，窗户顶部形似蕾丝的装饰在建筑的庄严中透出一丝别样的柔和雅致，教堂东面一整片的彩色玻璃有一个网球场那么大的面积，那应该是全世界最大的中世纪彩色玻璃窗了。

教堂旁边的草坪上，家庭野餐，孩童玩耍，游人往来，阳光倾洒……

回利兹的途中，罗斯准备去趟超市，晚上要招待朋友到家中做客。找到一处露天停车位，两人下了车，一前一后径直走向超市入口处。突然间，一个身形高大的女人不知从何处冲了出来。

"抱歉！你能帮助我吗？"女人对赛可说。

"当然！"错愕中，赛可本能地回应。

"我丢了包、我的护照我的钱，我现在什么都没有了，能不能给我一些回家的钱？"女人急切地问。

"当然！"赛可友善地望着她，然后低头去翻自己的包。

走在前面的罗斯回过头，疾步来到赛可身边摁住她的手。

"我们没有钱。"罗斯一字一句地对那个女人说。

"请帮帮我吧！我需要一些钱回家，我知道这位女士能够帮助我。"女人一脸焦急地望向赛可。

"是的，我带了一些现金。"赛可跟罗斯解释。

"我很抱歉，我们帮不了你。"罗斯又一次按住赛可的手。

"我回不了家，请帮我回家吧！"女人恳求着。

"好的，给你！"为了不使罗斯感到尴尬，赛可把原想拿出的英镑纸币换成了一把硬币递给女人。

"哦，谢谢你！保佑你！太感谢了！"女人后退着说。

"她是个骗子！"罗斯边走边说。

"哦？真的吗？"赛可说。

"她们没事干，整天就在这里骗钱！"罗斯说。

"天呐！"赛可跟在罗斯身后，笑着喊道。

她想，她知道那个中年女人的身份，那女人有着高大的身形，凌乱干枯的浅褐色头发。

"没有人天生愿意做乞讨者，"赛可想，"比起坐在街边的乞讨者，表演型的更加努力呢！"她想起几年前，有一次她在家附近的广场看到一个带着眼镜皮肤黝黑的青年男子举着木牌跪在地上乞讨，牌子上大篇幅地描述他是一个落难的大学生……可是没过几天，赛可走在大街上被身后大声打着手机的人烦扰，回头一看，一个带着大金链子的黝黑男人，正是那个落难的"大学生"！赛可从未想到自己会确实遇到这么职业的乞讨者，并且还以如此夸张的方式展示给她真相——他的大金链子就有自己的贡

献！不过她一点也不生气，只是自嘲地笑了笑，继而又想到了她的好友，想到她一脸的愤慨——"都是像你这样的人给了骗子生存空间！"

"善良是多么的动人！"自从几年前观看了《基督山伯爵》这部电影之后，她反复这么想；确切地说，赛可对于"善"有了更深刻的理解。身为囚犯的男主人公在逃亡途中来到一座教堂，教父给他热乎乎的食物来拯救这条奄奄一息的生命，这是善的。而男主人公在离开前偷走了教堂的银器，被官兵抓回来时，教父却对官兵说银器是他送给此人的，这是真善，更是慈悲！被拯救的当然不仅仅是这个逃犯的性命——男主人公从此改变了自己的命运，何尝不是受到了善的感召。有了孩子以后，赛可越发觉得这点很重要。至于是愚善还是真善，赛可觉得区别只在于有没有能力识别。

回到家中，罗斯立刻着手晚餐的准备工作。她用手机联通便携蓝牙音箱，里面随即传出欢快轻松的音乐；打开刚从超市买来的白葡萄酒作为基酒，切了柠檬片、草莓粒和苹果片，混合一瓶雪碧，倒入一个大大的玻璃晾杯里，最后放入香草叶搅拌，给自己和赛可分别倒上一杯自制的鸡尾酒饮料，两人碰杯，罗斯开始

动手做饭。

赛可把自己从超市里买的百合花和雏菊修剪装瓶，分别放置在厨房的餐桌上、大门和楼梯之间的桌几上，又找来两个小的容器，把修剪下来的细枝嫩叶的雏菊做成精致可爱的小品，跑到楼上分别放在自己和罗斯的卧室床头，之后便静静地在一旁陪伴罗斯做饭。

"我以为你不太会做饭。"赛可说。

"为什么？"罗斯问。

"你看上去是一位非常忙碌的职业女性，应该没有时间练习厨艺。"赛可说。

罗斯笑笑。

门铃"叮咚叮咚"地响起，罗斯穿过厅堂过道去开门。

几句寒暄，拥抱问候，一位五、六十岁带着眼镜的短发女士缓缓走进餐厅，她有着非常高的鼻梁，穿着细碎花纹的绸缎连衣裙。罗斯跟赛可说过，她是一个犹太人。

第二位客人是一位体态异常丰满的中年女士，些许凌乱的头发，穿着白色棉麻的宽大上衣，一开口便有一股令人快乐的魔力，她叫贝芙，是罗斯的同事。

从餐前酒到餐桌上，赛可一直在旁聆听和微笑，虽然她根本

不知道她们在谈论些什么；对于赛可来说，英国北部的口音太重了，简直不像是英语。

"那么，"犹太女士放下刀叉，转头看着赛可，"你喜欢英国吗？喜欢利兹吗？"她有意放慢了语速，一板一眼地问。

"是的，很喜欢这里。"赛可说。

"你来自中国？"犹太女士问。

"是的。"赛可说。

"哪个城市？"犹太女士问。

"上海。"赛可说。

"哦！上海。"犹太女士说，"你的女儿在哪里读夏校？"

"布里斯托。"赛可说。

"多大了？"犹太女士问。

"十一岁。"赛可说。

"她是个好女孩吗？"犹太女士从眼镜上方看着赛可。

"哦，有点调皮。"赛可说。

"我有个孙女，我给你看她的照片。"犹太女士拿出手机。

"非常可爱！非常漂亮！"赛可凑过头去看着。

"这是我女儿的孩子，我有两个女儿，我的大女儿生孩子了，我当姥姥了。你有女儿的照片吗？"犹太女士说。

"是的。"赛可打开手机,找出照片。

"哦,漂亮的女孩!"犹太女士说。

"看,这些花,赛可买的。"罗斯一边说一边站起来,收拾每个人的餐盘,贝芙则忙着把自己带来的奶油甜点和着水果盛装在几个大盘子里。

为难地看着自己面前的一大盘奶油,赛可感觉这很"贝芙"。

"那么,"用过甜点之后,犹太女士缓缓地说,"我就先回去了,我丈夫独自在家,我不能呆得太久,谢谢你的晚餐,罗斯!"说完便缓缓起身。

罗斯送客人离开后重新坐下。

"她刚结婚没多久,所以得提早回去。"罗斯说。

"哦是吗?"赛可和贝芙几乎异口同声。

"你们不认识!"赛可看向贝芙。

"不,我们不认识。"贝芙说。

"自打她结婚,我们很少见面了,她不怎么出来聚会了,我也不便多叫她出来,"罗斯说,"以前我们经常一起逛街喝茶。"

"她丈夫人好吗?"贝芙关切地询问。

"我并不了解那个男人。"罗斯回答。

"贝芙是我们学校的数学老师。"罗斯跟赛可说。

"哦！你一定很受学生的喜爱。"赛可说英语的时候无意识地总要先"哦"一声，类似某种思维缓冲。

"我很严厉的，哈！"贝芙说。

赛可不禁微笑。

"你们要怎么度过这个假期？"贝芙问罗斯。

"我们会去周边几个庄园逛逛，赛可还喜欢博物馆，这两天会去惠特比。"罗斯说。

"喜欢博物馆，那她应该喜欢雕塑。"贝芙说，"赛可你喜欢雕塑吗？"

"雕塑，是的，我很喜欢雕塑。"赛可说。

"那你看过很多地方的雕像吧，你最喜欢哪里的作品？"贝芙问。

"卢浮宫，绝对的！还有，佛罗伦萨街头的雕像。"赛可说。

"太好了，我住的地方附近有一个公园，正在展览一些雕塑。罗斯，你可以带赛可过去看看，顺便来顿公园野餐。"贝芙边起身边说。

"哇喔，太棒了！"赛可说。

"谢谢你，贝芙！"罗斯也站起来。

"再见了，我要回去了。"贝芙说。

罗斯和贝芙深深地拥抱,赛可也走上前和她拥抱告别。

"再见赛可!"贝芙说。

"再见!"赛可挥手。

"你知道吗?我非常爱贝芙。"看着远去的出租车,罗斯说道。她把"非常"两个字加重了语气拖长了音。

"真是个可爱的女人,我喜欢她。"赛可说。

5

清晨，当赛可来到楼下餐厅时，罗斯正在笔记本电脑上打字，戴着眼镜。看到赛可，罗斯放下了手头的工作，摘掉眼镜放在桌子上。

"今天我要去学校处理一些事情，如果你愿意，你可以去市中心的购物大街上逛一逛，等我事情处理完了，我去找你。"罗斯说。

"好的，没问题。"赛可说。

"你想吃点什么？"罗斯问。

"我先来杯咖啡，然后，我去外面吃早午餐吧。我很喜欢英式早午餐，正好尝一尝当地的味道。"赛可说。

"那最好了。我正在回复几个学生的邮件，呆会儿我们就出门。"罗斯说着，重新拿起眼镜戴上。

赛可取出咖啡机的水箱接满水，从抽屉里取出一粒咖啡胶囊

装入机器，按键，咖啡滴落，香气弥漫开来。

"我正在回复一个香港学生的邮件。这个学生做事情很被动，总是在那里等待。你知道，无论什么样的人想要成功都必须主动一些。你需要多检查自己的邮箱，及时回复邮件，主动向学校问询；而不是像现在这样，该毕业了才知道着急。"罗斯喃喃地说。

"嗯哼。"赛可端着咖啡点头。

"好了！"罗斯合上了电脑，"我也来杯咖啡，然后我们就可以出门了。"她说。

罗斯把赛可载入一条窄窄的街道放下，迅疾离去。

赛可感到一种全然而至的轻松，仰望天空做了一个深呼吸。她微怔片刻，漫无目的地边走边看。上午十点多钟，街道还很冷清，赛可走了两条街道，转角来到一条宽阔的步行街，温柔的阳光洒在一家餐厅前的户外用餐区，客人几乎坐满，赛可拾阶而上走进餐厅。门口漂亮的小姐姐带赛可进入略显幽暗的室内背窗坐下，琥珀色的水晶灯，翠鸟绿色的单人布艺沙发椅，赭红色的皮质椅，木地板已经被磨掉了表层的保护漆，显露出时光的陈旧。

室内还没有其他客人，赛可摘掉墨镜点餐。

第一杯咖啡还没有喝完，服务员就端上了一大盘食物，盘子

是青花瓷，英式花草树木的图案，几片金黄色的烤土司上面窝着两个铺满奶油沙司酱的温泉荷包蛋，旁边堆放着牛油果沙拉和烤芝士、鲜红的一切两半的煎番茄，盘子中间撒上新鲜的豆苗。食物的暖色与器物的冷色搭配平衡，红黄蓝三原色作基底，豆苗的绿色作为补色给最耀眼的也是最大面积的番茄红以更多的平衡。审视完毕，赛可不禁自嘲有审美强迫症，啜了口咖啡，然后悠闲地用餐。

陆陆续续来了一些客人。一对情侣在旁边坐下，男士含情脉脉地望着女孩，两人温柔地交谈着；右前方几个人边交谈边开怀大笑。看着这些客人，赛可竟感觉比盘中的食物更有味道。

不知过了多久，身边的人来了又走，赛可这才招呼服务员结账。

盘子里还有一半的食物，赛可有些难为情，"实在是太多了！"她说。

女孩灿烂地笑了，"还喜欢吗？"

"很好，谢谢你！"赛可说。

天空中的云层就像厚厚的洁白松软的大棉被，把整个城市盖了起来。来到一条更加宽阔的步行街，想必是主街道，赛可注意到一个年轻人正抱着一把吉他坐定，调试了音准，活动了手指，

然后开始弹奏。他留着棕褐色的马尾和络腮胡，拨动琴弦的那只手戴了几层木珠手串。他低着头、闭起眼睛旁若无人地弹奏，抬起头的时候便冲路人一笑。来往行人有的行色匆匆，有的悠闲漫步，没有人停下脚步。赛可走向他的对面，远远地倚着灯柱站定，观望聆听。

起风了，琴声随着风的转向飘扬，忽大忽小，男子的马尾被风吹得撩散。云层渐渐散开，阳光照射下来。

两个包着蓝色头巾的妇女推着婴儿车停下来交谈；一对身形健硕的黑人男女背对赛可站在她面前，遮挡了她的全部视线，赛可并没有丝毫移动，两人攀谈片刻继续前行；不时有包着各色头巾的女人和大胡子的丈夫推着婴儿车走过。

演奏者脚踏节拍，抱着吉他像是抱着一个心爱的老友，闭上眼睛，完全沉浸在旋律之中……

一位中年肥胖、身着蓝色衬衫的金发女人走到乐手身旁的箱子，往里面扔了一些钱。一个黑褐色短发半秃顶的男子背着蓝色软布背包，停下脚步站在赛可斜前方，双手交叉在胸前观望聆听着弹奏。

几曲过后乐手起身，赛可这才感觉腿脚站得酸痛了。她径直向乐手走去，来到他面前的吉他箱跟前蹲下，细细打量着箱盖内

张贴的海报，上面是乐手的邮箱和社交账号等个人信息；箱子里两种CD整齐码放在两边，正中一个打开的笔记本，墨绿色的彩绘笔在正上方写着"CD"，左页写着"逃往欢愉"8英镑（"Escape To The Happiness"£8），右页写着"平衡"10英镑（"Balance"£10）。赛可从包里掏出20英镑递给乐手，两种CD各拿了一张站起来。

"不用找零了！"看到乐手在翻找零钱，赛可说。

"你确定？"乐手问。

"是的！"赛可说。

"谢谢你！"乐手说。

赛可冲他笑笑离去。

赛可边走边看着手里的CD封面——年轻的吉他手坐在古老建筑前方低头弹奏，封面上的他是短发，和现在一样留着络腮胡子，却看起来爽朗阳光。

电话突然响起，是罗斯。她让赛可呆着不要动，询问了位置以后马上找到了她。

"我还没有吃午饭，我们吃些东西吧！"罗斯说。

罗斯带着赛可来到玛莎商场二楼的餐厅，赛可饶有兴趣地观赏了琳琅满目的各式蛋糕甜点，只要了杯咖啡坐下。环顾四周，

她有些吃惊——餐厅里全是三三两两的老年人！赛可看看罗斯，她们在这里是最年轻的"年轻人"了。

"处理完学校的事情，和一个留学生的家长见了面，一个中国学生，他的祖父母、爸爸妈妈都来了，专程来看望我，我很感谢他们。"罗斯说。

"你们学校有很多中国学生吗？"赛可问。

"有中国学生、中国香港学生，还有泰国、越南的。"罗斯吃着沙拉，"我在学校负责招生，所以总有机会去这些地方出差。"

"喜欢中国吗？"赛可问。

"非常喜欢那里的美食。中国酒店的早餐，印象非常深刻，太丰盛了。有一次和同事一起去出差，她第一次去中国。每次吃早餐的时候她就特别兴奋，要把所有的种类都尝遍。"罗斯忍俊不禁。

"你喜欢什么食物？"赛可问。

"有一种饺子，太美味了！"罗斯不禁仰起了头。

罗斯补充完能量和赛可逛了商场里的几家服饰店。就要出门的时候，对面走来几个身穿黑袍的年轻女子，迎面相向之时，一个女子吸引了赛可的目光。女子的妆容无比精致，细腻的粉底涂

抹得似有若无，整张脸庞的皮肤如白瓷般无瑕，黑长的睫毛浓密卷翘，眉毛根根分明，似一轮镰月修长顺畅。

赛可停下脚步，回头看着女子。

"有什么问题吗？"罗斯问她。

"你看到了吗，那个女人的眉毛太漂亮了，用的什么牌子的眉笔？"赛可平时不化妆，平时为了衬托气色只是涂下口红，但化妆品之于女人就像她们的玩具，因此赛可还是有着强烈的好奇心和羡慕之情。

"问问不就知道了。"罗斯说。

没等赛可反应，罗斯就径直走了过去。

赛可见两人攀谈得似乎很愉快，便也走了过去。

"你非常漂亮。"赛可由衷地赞美，她觉得女孩甚至不知道自己有多美，必须要提示她，让她知道。

"谢谢！"年轻女人笑得非常开心。

"再见！"赛可满足地道别。

"眉笔是贝玲妃（Benifit），你想去买吗？"罗斯说。

"我平时不用。"赛可说。

"我倒想去看看。"罗斯思忖着。

"好的。"赛可说。

果然，化妆品是女人的通用语言，国际通行。

两人来到商场美妆柜台逗留了许久，柜台小哥亲自给罗斯画眉上妆，罗斯最终买了一个眉眼套装，心满意足地和赛可一同离开。

回到家里，赛可和那条名叫波罗的狗玩了一会儿，楼梯上传来重重的脚步声，亚历山大在家。

"嗨，赛可！你还好吗？"亚历山大大声问候。

"我很好，谢谢！"赛可说。

"你兴奋吗？明天我们就去惠特比了。"亚历山大说。

"哦，是吗？去惠特比？是的我很高兴！"赛可说。

"我也很高兴。"亚历山大忽闪着明亮的眼睛。

"哦，对了，等一下。"赛可走到餐桌旁，掏出包里的两张CD。

"喜欢吉他吗？"赛可问。

"喜欢。"亚历山大说。

"这个，送给你和克里斯汀。"赛可说。

"非常感谢！"亚历山大有点困惑的样子。

"现在很少人听CD了，也许亚历山大根本没有播放CD的设备呢！"赛可这么想着。

"赛可,你喜欢玩游戏吗?"一旁的罗斯说道。

"什么游戏?"赛可问。

"拼图,你玩拼图吗?"罗斯说。

"我女儿喜欢玩。"赛可用开玩笑的语气说,"我不擅长这个,没有耐心。"

"你可以试试。"罗斯说着走到客厅翻出一盒拼图,把盖子打开,示意赛可过来。

"好吧,我拼拼看。"赛可说。

"亚历山大拼得很好,又快又好。"罗斯说,"你先玩会儿,我去做饭了。"

赛可无聊地摆弄了一会儿,期间罗斯也不时地过来补上一两片,看起来很认真。

晚饭前,克里斯汀回来了。

"你好!"克里斯汀问候正在餐厅喝咖啡的赛可。

"你好!"赛可笑笑。

"我给波罗买了肉。"克里斯汀跟罗斯说着,把一大袋冻肉放在餐厅的中岛原木桌上。

"这么多!"赛可寻思着这些冻肉冰箱里都装不下,不由得脱口而出。

"你想吃吗？"克里斯汀紧接着说道。

"哈哈！"赛可爽朗地笑了一声。

那条憨厚可爱的大笨狗似乎一点都闻不到肉的气味，只是在推拉玻璃门的角落呼呼大睡。

"波罗好可爱！"赛可看看它，"听，他在打呼噜呢！"

"就像你丈夫吗？"克里斯汀问。

"哈。"赛可干笑一声。

所有人都在家里用餐，这还是头一次。

餐后亚历山大和克里斯汀分别跟罗斯说"谢谢妈妈，晚餐很好！"赛可也照例在每顿餐后感谢罗斯。

收拾完毕，罗斯在餐桌上展开电脑，赛可和克里斯汀看着各自的手机。

"赛可，我在网上搜索景点，你有想去的地方吗？"罗斯问。

"有音乐会吗？我知道英国每年要举办很多场音乐节，我非常喜欢英国的流行乐，喜欢英国的乐队。"赛可说。

"现在是暑假，是英国的假期，音乐节都结束了。"罗斯说。

"爱丁堡呢？爱丁堡这个时候有国际音乐节吧！"赛可说。

"你愿意跑到那里去看音乐节？"罗斯说。

"是的，我们可以去吗？"赛可说。

"如果你实在想去，我可以给你订票，或者给你找一个旅游团。"罗斯想了想说。

"不喜欢旅游团，亚历山大能陪我去吗？我可以额外付费给他。"赛可笑道。

"他不会有兴趣的。"罗斯说。

"为什么？他不喜欢音乐？"赛可问。

"爱丁堡的音乐节，全是老年人，每年这个时候很多老年人会去那里旅游，很多老人，几乎看不到年轻人。"罗斯说。

赛可糊涂了，有点摸不着头脑。

"为什么？"赛可问。

"年轻人不喜欢军乐，吹号打鼓变队形什么的。"罗斯说。

"哦，原来是这样！我也不喜欢！"赛可说。

"你也不喜欢？"罗斯也困惑起来。

"我喜欢 U2，喜欢阿黛尔，贾斯汀比伯，我听说格拉斯顿伯里音乐节很不错。"赛可说。

"哦！是这样！我真愚蠢，竟然以为你要看军乐表演！格拉斯顿伯里音乐节要提前一年订票，而且根本买不到票！"罗斯说，"假期不会有什么音乐节了，喜欢跳舞吗？"她问。

赛可脑海中出现了电视上国标舞大赛的场景。

"不喜欢。"赛可说。

罗斯看上去有点失望。

"但是,我喜欢看别人跳舞。"赛可说。

6

早饭过后,大家开始收拾自己的行李,要去海边小镇惠特比(Whitby)了,还要在那里住上一晚。大家收拾停当上车,克里斯汀把波罗抱进了车座后面的后备箱。

空气清新,云层厚重,开车远行最合适不过。

赛可一路欣赏着郊外的风光——广阔的草地、农舍的红色屋顶,道路时而开阔时而曲折狭窄。

途中在一家名叫"狐狸和兔子"的小旅馆稍作停留,给波罗喝水撒欢。旅馆对面的路边招牌上真的有一只竖着耳朵的小白兔站在山丘上张望,一只棕红色的狐狸正在向它靠近!小旅馆有两层,红色的屋顶,外墙被油绿的爬山虎严密地包裹着,只留下白色的窗户和大门,房前是开阔的空地,门前一顶红色的遮阳伞。站在店前放眼望去,碧绿的草地和白色的云层把眼前的画面一分

为二，犹如置身巨幅油画之中。

过了小旅馆，道路开始变得高低起伏，视线也随着道路的高度时而开阔时而闭塞。过了晌午终于抵达了小镇，几番搜寻找到了罗斯预定的住处——在一条坡路的一旁有一家蓝色咖啡屋，隔壁的白色胡同口墙壁上钉着一块"玫瑰和皇冠小院（ROSE AND CROWN YARD）"的白底黑字的牌子，走进去十几米处是一个大门台阶。

"就是这里了！"罗斯找到了房子主人留在门口的钥匙。

一楼房间是客厅和餐厨一体的结构，原木色的地板，洁白的墙壁，深蓝色的沙发围对着壁炉，壁炉上方的褐色岩石墙壁凿出几个倾斜的长方形壁龛，里面卧着几只木雕小老鼠，像鸡蛋一样光溜圆润的鼠身，黑褐色皮质耳朵，一双芝麻小眼睛斜看着你。壁炉旁边矗立着细高的灰色铁艺玻璃笼，里面放着乳白色圆柱形蜡烛。波罗找到这个舒适的位置趴了下来，吐着舌头大口喘气。波罗是一只驼色的英国斗牛犬，头颅宽大、身材矮胖厚重；出门时脖子上戴了一条粗粗的金色扁平铜链，果然平添了些贵族气质。

干净整洁的厨房一侧，餐桌上铺着浅灰底白色海鸥的简笔画桌布，墙壁上钉了一副由七八个招牌组成的小品，深浅不一的几块蓝色和棕色条板，配上一块黑色和一块灰色刷漆木板，倾斜不

一地竖列于白色的背景板之上，是色彩和线条的简单美学；几幅画作不期然地出现在某个角落的墙壁上，令赛可突然想起了曾经读到过的一句话："the EARTH without ART is just EARTH"——"**没有艺术，地球**也只是**星球**。"

"赛可，先把东西放到你的房间吧！"罗斯说。

赛可跟着罗斯来到二楼，有一大一小两个卧室和一个卫生间。

"你住这个大房间，我和亚历山大住这个两张小床的房间。"罗斯说。

"克里斯汀呢？"赛可问。

"他睡在客厅沙发上。"罗斯说。

"没关系！他喜欢睡沙发，会很舒服。"看到了赛可的不安，罗斯又说。

赛可整理了物品，把衣服挂好了下楼，罗斯已经烧好了一壶开水。打开橱柜，里面是各式马克杯、玻璃水杯、餐具，房主还备好了各式茶包和咖啡。

泡茶的功夫，亚历山大从外面买回了牛奶和面包，几个人随便填饱了肚子，赛可便跟随两兄弟先行出门了。

沿着海滨一路闲逛，空气潮湿寒凉。

兄弟俩牵着波罗并排走在前面。亚历山大一身黑色阿迪运动装，脚踏白色运动鞋，头戴一顶黑色针织瓜帽，还戴了金色的鼻环和银色的耳圈。克里斯汀身穿黑色T恤，白色运动短裤，黑色休闲鞋，长发梳得溜光并在后脑勺上方扎了一个发髻，一串木珠挂在脖子上，牵着边走边嗅的波罗。赛可看着眼前这兄弟俩人不由地开心起来，感觉自己年轻又有些腼腆。

赛可边走边拿手机给路边垃圾箱上的海鸥拍特写，这些鸟儿泰然自若地立着，一副见惯了大场面的神态，任游客走上前去靠近它们，也一动不动。

"赛可，等一下！"亚历山大叫停了一边走一边低头查看照片的赛可。

"我去旁边买点东西。"亚历山大说。

赛可点点头。

没几分钟，亚历山大就回来了。

"尝尝这个。"亚历山大把一个纸包的东西递到赛可面前。

"这是什么？"赛可问。

"当地的小吃。"亚历山大说。

"哇呜！谢谢！"赛可打开纸袋，里面是热乎乎的咖喱角，赛可咬上一口，"喔，真好吃，很美味！"

亚历山大开心地笑了。

克里斯汀不知去了哪里,"我们等下他吧!"亚历山大提议。

"嗯嗯。"赛可转身面向港湾,倚在栏杆上继续啃着她的咖喱角。

"亚历山大,看!冬临城!"赛可指着港湾对面的山形小岛——平秃的山上一座古城堡孤独地巍然矗立。

"哇哦!"亚历山大惊喜地看着赛可,"你知道《权力的游戏》!"

"当然!有谁不知道吗?"赛可笑道,"我喜欢这部剧!"

"你喜欢哪个角色?"亚历山大问。

"很多很多,太多了。每一个!"赛可嘴里嚼着东西。

"喜欢琼·斯诺吗?"亚历山大又问。

"不,我不喜欢。"赛可摇摇头,"我爱他!我爱琼·斯诺!哦!琼·斯诺!"赛可大声说。

"哈哈!那你最喜欢哪个城邦?南方还是北方?"亚历山大问。

"都喜欢!"赛可说。

"选一个!最喜欢哪个?"亚历山大追问。

"为什么要选择,为什么不能都喜欢?我都喜欢!不要让我选择!"赛可说。

亚历山大不可思议地看着赛可。

"赛可,你玩过探险岛吗?"他问。

"什么探险岛?"赛可问。

"看,那里就有一家,"亚历山大指着道路斜对面,"门口站着海盗船长塑像的那家。"

"没有玩过。"赛可有些不明所以,心想:"会不会就是中国的鬼屋呢?"

"想进去看看吗?"亚历山大问。

赛可点点头,跟上亚历山大的步伐。走进大门时,亚历山大已经买好了门票。

"跟我来!"亚历山大停下来回头看着赛可,"你想走前面还是后面?"

"后面。"赛可说。

"你要当心哦!走在后面会有东西抓你的!"亚历山大一副幸灾乐祸的口气。

走进一个装有门帘的小黑屋,飘忽闪烁的光线就像绿色的幽灵。赛可心想:"果不其然就是小时候玩过的鬼屋嘛!一会儿会有骷髅冒出来,一会儿又会有蜘蛛毒蛇伸到你面前……"

赛可的设想一一实现,内心忙着评判这里设计得不好,那里打

造得太廉价了——没想到全世界的业余鬼屋的水准原来是一样的!

没有任何惊喜(吓),两人无聊地走完一遍。

"好玩吗?害怕吗?"亚历山大问。

"还行。"赛可说。

走到室外,克里斯汀已经在街对面等着了,罗斯正远远地走过来。

"喔!冬临城!冬临城!"亚历山大冲着古堡大喊。

克里斯汀不解地看着他。

"赛可说那里是冬临城。"亚历山大指给他看,克里斯汀恍然大悟地笑了。

"赛可,想要跟冬临城照张相吗?"亚历山大问。

"不,并不想!"赛可笑道,"要我给你拍吗?"

"好的。"亚历山大说着便摆起了造型。

"我们去对面走走吧!"拍完照片,罗斯已经走到跟前,她提议到。

一行人走走停停,在桥头街口看了童子军乐团的吹奏,赛可还给对面街口等待红绿灯的两个身穿黑色骑服,头盔遮面,骑银色摩托车的骑手拍了张照片,两个骑手并列,旁边车道上恰巧是一整列银色轿车,反衬着后面坡路上的整片红色老房子,电影画

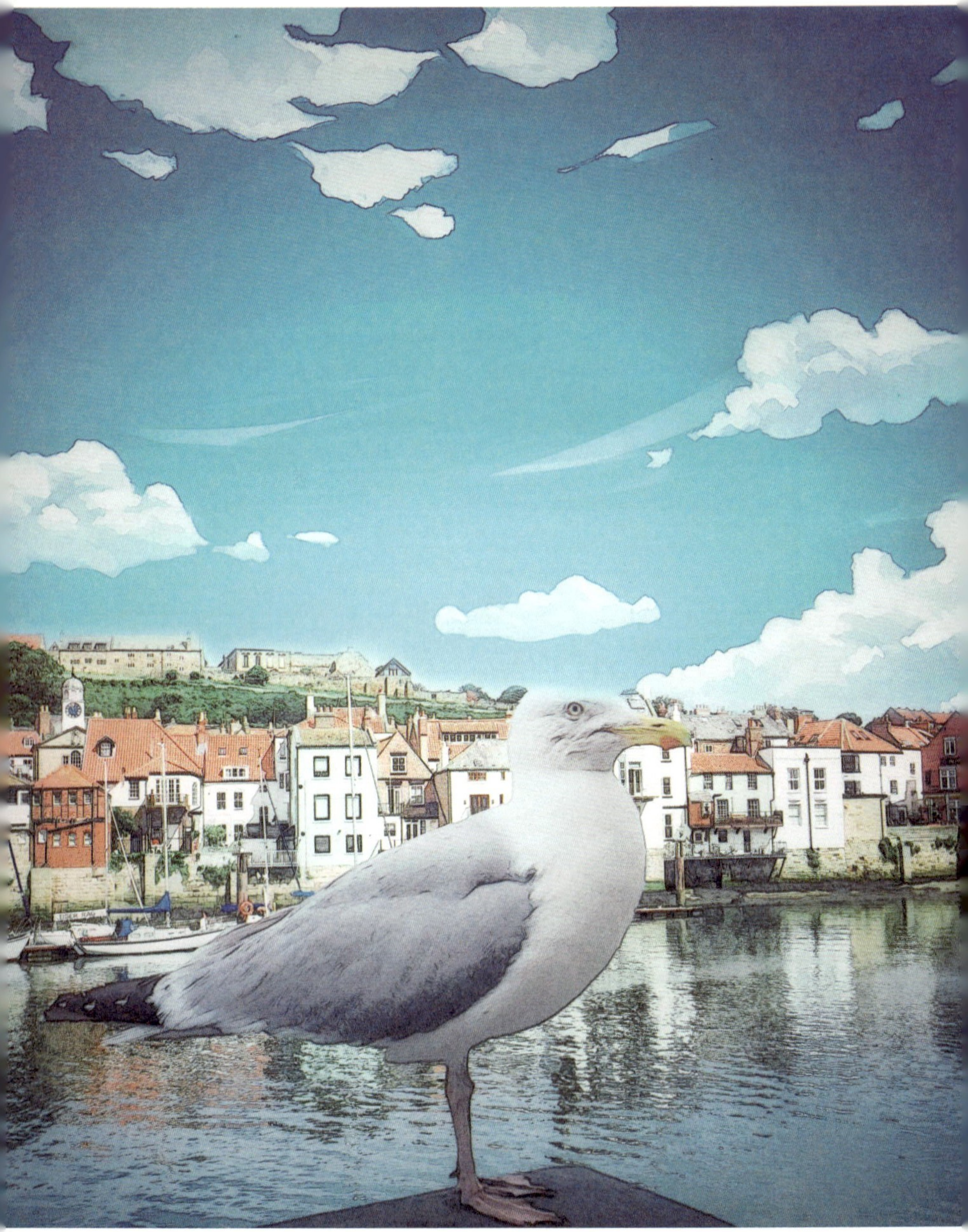

面的既视感扑面而来，赛可觉得酷到了极致。

走过港湾上的跨桥，到了对面的山形半岛，坡路越来越陡，狭窄的石路两旁是各式小巧的商店。走着走着只见前方有一个小型的斜坡广场，旁边是一座空置的教堂，教堂门前密集地摆放着圆桌，游人在这里悠闲地喝着啤酒。

"在这里喝上一杯吧！"罗斯说。

找了一张桌子坐定，每个人都点了啤酒，赛可要了当地产的名为"IPA"的啤酒。

太阳从厚重的云层中钻了出来，瞬时照得广场一片刺眼，和着微风，广场上的每个人都懒洋洋，甚至没有什么人在交谈。

克里斯汀把牵着波罗的绳子交给罗斯，起身不知又要去哪里，直到转进巷子里不见了，波罗猛地冲出去，桌子被撞，酒瓶翻倒，玻璃杯里的啤酒向着赛可泼洒过去。

"哦！我的天！"赛可脱口而出，喊叫着从椅子上弹了起来。

众人惊呼，客人的目光全都聚集过来！亚历山大气坏了，一边呼喝波罗一边赶忙去牵脱落的绳子，罗斯忙不迭地给赛可递纸巾，赛可抖落着衣服说着："没关系，没关系！"

等一切恢复平静，桌子恢复原状，克里斯汀方才返回。

罗斯遗憾地告诉他波罗的所作所为，赛可笑笑指着自己的衣

服，对罗斯说道："还挺好闻的，我身上都是啤酒的香味。"

"你的啤酒好喝吗？你喜欢吗？"坐在旁边的亚历山大问赛可。

"不错，我很喜欢。你的呢？"赛可问。

"我的，你想不想尝尝？"亚历山大问。

"你可以尝一尝。"罗斯说。

看到赛可不知如何作答，罗斯补充道："来吧，尝一尝！"

"哦，那好吧！"赛可说。

赛可用目光搜寻着桌上的空杯子，亚历山大已经把自己的啤酒杯端到了赛可面前。赛可犹豫地看着亚历山大，接过杯子轻啜一口。

"也很不错！"她把杯子还到亚历山大手里，"作为交换，你也可以尝尝我的。"

亚历山大开心地笑了，露出洁白的牙齿。

对面的克里斯汀静静地看着，端起酒杯喝了一口。

"赛可，让亚历山大带你去附近逛一逛吧！"罗斯说。

"你们呢？不去吗？"赛可问。

"我们都来过，你去吧！"罗斯说。

"好吧！"赛可站起来，亚历山大紧随其后。

狭窄的街道倾斜而上，路边有一处白色墙壁、蓝色门窗的房

子,门洞上方钉着"辩论小院(ARGUMENTS YARD)"的牌子,亚历山大站在门口摆各种姿势做鬼脸让赛可给他拍照;还有窄到只容许一个人通过的小胡同,胡同口的指示牌提示里面竟有一家隐藏的赛艇俱乐部;街道旁还有一家小型博物馆,拱门上方的岩石墙砖上雕刻着"1901 WESLEY HALL",赛可寻思着这和电影《哈利波特》魔法学院的"卫斯理家族学院"是否有关系;再往前走是一个粉褐色墙壁、白色门窗的可爱香皂店,镶着金色边框的深褐色牌子钉在窗户两侧,这种"中年少女心"的装饰风格在这条古老的石街上煞是醒目。整条街道有许多黑曜石首饰商铺,琳琅满目的款式,带有浓重的中世纪的风格。赛可看到商铺橱窗的首饰,又联想到剧集《权力的游戏》,于是情不自禁地喊:"龙晶!"亚历山大受到启发,经过别的店铺也会兴奋地指给赛可看"龙晶!"

不多时他们就逛完了整条巷子,回到广场稍作休息,一行人兜兜转转又回到海滨街道,找了家餐厅,准备吃晚餐。餐厅是北欧装饰风格,牛奶白色的墙壁,昏暗橘色的LOFT风格的吊灯,四处点缀着一丛一簇不知名的花花草草。

亚历山大和克里斯汀趁着上菜前的功夫溜了出去,旁边一张长桌坐满了七八个未成年的少男少女,热热闹闹有说有笑。

罗斯稍有不耐地瞟了一眼，似乎摇了摇头。赛可顺势转头看过去，旁边一个女孩瘦削白皙，正在和男生聊天，脸上绽放的笑容令赛可心头为之动容。

"罗斯，你喜欢女孩吗？你想有个女儿吗？"赛可问。

"女孩，还可以。我不喜欢太……你知道的，有些女孩子。"罗斯说。

"你的儿子有女朋友吗？"赛可问。

"亚历山大有女朋友的，但是，他刚刚失恋了。"罗斯的语气中有着些许无奈，"你看他现在的头发，以前可是跟克里斯汀一样的长发，分手后剪掉了。我很替他感到惋惜。"

"他自己后悔吗？"赛可又问。

"有一些吧！他自己也感到太冲动了。"罗斯说。

"他短发很好看。"赛可说。

正说着，克里斯汀独自回来了，他走到赛可身旁坐下。

"那么，"罗斯提高嗓门，"赛可，给我们谈谈你的丈夫吧！"

"我的丈夫？"赛可不明所以。

"来吧，跟我们聊一聊！这是你练习英语的好机会。"罗斯说。

"嗯，他爱看足球，爱打游戏——不是在看足球，就是在打游戏。"赛可笑道。

"你有个女儿。"罗斯说。

"是的。"赛可说。

"多大了？"罗斯问。

"十一岁。"赛可说。

罗斯看了一眼克里斯汀。

亚历山大回来了。

吃饭时，赛可看着自己面前的蔬菜沙拉，感觉不怎么可口，里面的食材看起来很敷衍。

"你吃得像只小鸟。"罗斯轻轻地说。

赛可笑了一下。

"一般情况下，我吃得像只饿狼。"她在心里跟自己打趣。

走出餐厅天色还早，这里的夏季如此迷人，晚上九点以后天空才会逐渐被黑暗笼罩。云层褪去，天空湛蓝，海滨成片的红色房屋被阳光镀上了一层金色的光芒，像是童话中的世界。

罗斯要带大家去附近的酒吧小坐，再次穿过河湾上的那座桥，过了十字路口就有一家酒吧，罗斯和赛可走了进去。

酒吧很小，客人几乎满座，一个乐手正在自弹自唱。罗斯找到了吧台旁边一处高脚圆桌椅和赛可一起坐下。这是赛可第一次

走进英国的酒吧。

"喝点什么？"罗斯问。

"给我一杯水吧！"赛可说。

"不来杯酒吗？"罗斯又问。

"不了。"赛可说。

罗斯去吧台把两人的酒水端过来。

酒吧内气氛热烈，一些客人竟然还带着爱犬。听说英国人的爱犬大都训练有素，这些宠物犬从小都要上学，毕了业才能被带到公众场所。赛可观察着这些可爱的家伙们，果然都是极其乖巧听话的，它们大多安静地卧在主人身旁，偶尔有陌生人走过来轻拍抚摸，也只是兴奋而克制地晃动着脑袋。

店里的人来了又走，出出进进，靠着墙边一张长桌的客人起身离去，亚历山大和克里斯汀此时正巧走进来，罗斯迎上去和他们一同来到这张长桌，并示意赛可过去坐。

克里斯汀牵着波罗和亚历山大在背靠墙壁的一侧坐下来，赛可和罗斯便坐在了对面。赛可扭头细细打量着身侧的歌手——这是个中年男子，容貌颇有些沧桑，他所弹唱的都是些老歌，是旋律流畅明快的乡村音乐，一把老吉他里拨拉出的和弦简单质朴、饱含力量。

赛可转过身去，摆出一副正式观看演唱的姿态。

也许是酒精的作用，店里的气氛越来越热烈起来，人们大声地交谈说笑，越来越多的人跟随歌手一起大声歌唱。起初每隔一两首曲子，歌手还拿起地上的啤酒瓶喝上一口润润嗓子，随着众人的情绪越来越高涨，歌手一首接着一首地弹唱。赛可目不转睛地观看着，感受着热烈欢快的气氛，心中充满了共鸣和喜悦。亚历山大也加入到歌唱的队伍，故意冲着赛可提高嗓门。赛可转过头来，被他逗得灿然一笑，却突然发现一旁的克里斯汀正望着自己，一双眼睛似笑非笑，里面清晰可见闪闪的光亮。赛可被这双眼睛怔了一下，似乎是确认了那双眼睛里面的光亮，才把头转回去。

离开酒馆时夜幕已经完全降临，清冷的天空缀着点点繁星。回到住处，赛可和一家人互道晚安后上楼洗漱，躺在湿冷的床上睡意蒙眬，却怎么也睡不着。她把床尾的羊毛披巾裹在身上，再次钻进被子里，这才感觉慢慢暖和了起来。

楼下热闹的谈笑声越来越遥远……

7

寂静的清晨，整个海滨小镇和罗斯一家还沉浸在梦乡。

赛可轻手轻脚地起床出门，沿着昨日游览过的路线，独自向着半岛上的"冬临城"进发。

云层阴沉厚重，街道两旁的店铺门窗紧闭，小路上几乎看不到行人。随着半岛上的地势越来越高，港湾的全貌也越来越清晰。走到石街的尽头向右拐，拾阶而上，面前竟然是一片墓地，其中一块墓地位于一座 L 形教堂前的开阔地，处在两条 V 字型小路之间的三角地带。赛可从未见过这种格局的墓地，便好奇地拿出手机拍照，正要按下快门的一瞬间，屏幕一闪之下随即黑屏，再要操作却发现手机已经关机。赛可不由地心头一惊："头上三尺有神灵——看来到哪里都适用！难道是守护在这里的先祖之灵不高兴了？"想到这里，心中马上升起敬畏之情，只好打消了拍照的念头。

回望身后，整个海港以及城镇尽收眼底，厚重的云层将天地之间的距离无限拉近，海鸥和不知名的海鸟啁啾交错的啼鸣伴着呼呼的风声。墓地的石碑群就像乌压压全副武装的卫士肃立于高岗之上，面朝大海，迎着海风，倾听海声，凝视着脚下的这片土地。

据说爱尔兰作家布瑞姆·斯托克（Bram Stoker）于1897年出版的以吸血鬼为题材的哥特式恐怖小说《德古拉》（Dracula）就是在这片墓地得到的灵感。

四周空无一人。

顺着墓地一侧的道路徐徐前行，走到路口，和教堂相对而立的是惠特比修道院（Whitby Abbey），这座恢弘的古建筑现如今只剩下断壁残垣，周边是低矮的城墙，城墙内长满了半人高的蒿草，不难想象当年这座耸立在高地断崖之上面向北海的建筑是怎样一副气势恢弘的景象。

惠特比修道院有近1400年历史，始建于盎格鲁-撒克逊（Anglo-Saxon）时代。它命途多舛，几经摧毁重建；1914年德国攻打英国，修道院被彻底摧毁。远远望去，整个建筑只剩下半副骨架，高耸的尖顶越发显得凌厉而简陋，残破又神秘，令这座哥特式建筑独具历史的印记和魅力。

"建筑的骷髅！"赛可在内心感叹着。

赛可兜兜转转，发现教堂背面竟有一个春意盎然的美丽花园，五颜六色的花朵挨着崖边低矮的围墙静静地绽放着，似野生，也似被人精心照料和打理过；灰色的岩墙映衬着一个白色的阳光花房，煞是亮眼；里面各种花草植物热热闹闹地竞相生长着。绕过花房，前方豁然开阔，远处海平面波澜不惊，眼前油绿规整的草坪和几丛紫色花团令人赏心悦目。

再往前走还有户外用餐区，木制的桌椅整齐排列在 L 形的草坪上。不难想象，天气晴好的时候在这里聚会用餐，心情会是多么的舒畅！

最后来到整个半岛的中心广场，广场上铺满了鹅卵石，一座小型铁铸雕像安放在广场中央。雕像是一个男子抛掷铁饼的造型，顺着男子奋力向前挥出的手臂望过去，似乎可以看到被抛出的铁饼重重地落在了远处城墙内的荒草之中，令人有种置身于希腊半岛的错觉。

一辆轿车从远处缓缓驶了过来，停靠在教堂旁边，赛可突然意识到她独自出门已经太久了，于是匆匆折返。

回到住处，喝上一杯暖暖的红茶，在寒凉的清晨真是件幸福的事！赛可和罗斯用完早餐，亚历山大和克里斯汀还没有起床，

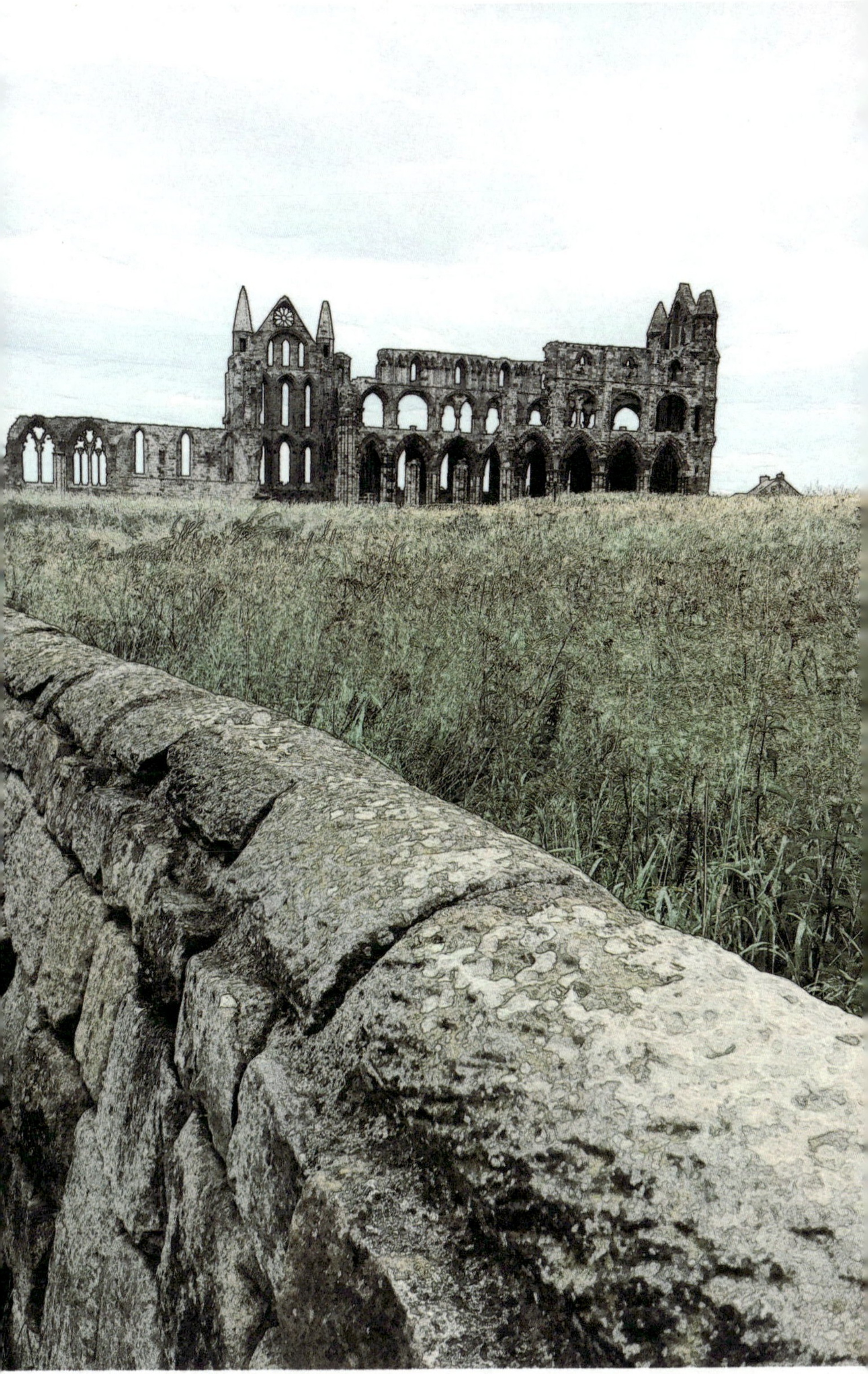

两人便又一次来到半岛上的石街，参观了那个小小的博物馆。里面的展品大多也是黑曜石材质的古董首饰，再往里走却是一个餐厅，赛可看着眼熟，心想这是《哈利波特》魔法学院的餐厅吧！一扭头，看到高高的玻璃窗上果然有电影中幽灵公爵夫妇的影像。赛可想到了约克镇，于是不得不感叹英国影视文化的兴盛。

亚历山大兄弟俩人来和罗斯她们会合，克里斯汀牵着波罗，穿着一身黑衣，脖颈上依旧戴了那串大大的木珠，波罗一路欢脱地挣着他在前面小跑。从商业街左拐下去是一条铺在沙滩上的石板路，延伸到海滨之上，成为一个小小的码头。路中央有一排座椅，赛可和罗斯坐在这里看着沙滩上的人群——孩童们在开心地玩耍；克里斯汀牵着波罗在她们旁边来来回回地溜达，和不远处的亚历山大逗乐。

一直呆到晌午，一行人去吃午饭的时候路过一家古董店，于是入内闲逛。赛可细细地观赏两把火枪，一把造型纤长，枪托上装饰了一排铆钉，长长的枪筒上包裹着雕刻了繁复花纹的银箔；另一把造型圆润，长长的枪身就像一条梭子鱼，尾部向下卷起，就像一个大海螺，枪筒却极短，整个枪身装饰了象牙雕片，用铆钉固定在枪身上面。

赛可对这两把火枪的兴趣不仅仅是出于她少年时代喜爱的作

家大仲马所著的《三个火枪手》，实际上，枪支是她童年记忆的重要部分，对于枪支她有着特殊的亲切感。

赛可的爷爷年轻时跟随一代名将征战南北，不仅作为一名军需长官掌管着军队的物资供应，同时还是这位军阀的私人医生；奶奶是旗人，年轻时是远近闻名的大美人，和爷爷成家时堪称一对璧人，一时风光无限；他们的大儿子——赛可的伯父年轻时也成为了一名军人。后来时局动荡，爷爷离开军队带着家人游走行医，最终落户中原一带，买了宅地。赛可父亲的诞生算是爷爷奶奶老来又得子；从小家境优渥，加之家庭环境的影响，年轻时候的父亲兴趣广泛，似乎无所不能。不仅跟爷爷学了医，对于机械枪支更是爱不释手。

在赛可的童年记忆里，永远不可或缺的便是父亲房间里挂着的一排长管枪支，纵排双管枪、横排双管枪以及单管猎枪，德制的、苏制的，漂亮纹理的原木枪托和黑黢黢的枪管永远被擦得油光铮亮，闪着低调润泽的光。每当父亲拖出床底下那个大大的工具箱，开始生火烧炼蜡油的时候，年幼的赛可就蹲在一旁观看——要做子弹了！

父亲从工具箱里拿出雪白的硬纸板，放在贴着金属皮的工具凳上，一手拿着金属圆环，一手拿着锤子，把圆环放在纸板上用

锤子敲打一下，一个圆形纸片就拓下来了。把整张纸板整齐地拓完，得到一堆圆纸片，就可以塞入弹壳，再依次灌入铅子、火药、再加几个圆片纸板，最后灌入烧好的液体蜡封口、晾凉，就算大功告成了。第二天，父亲在外套里面穿上装满弹筒的背心，挎上两杆长枪，骑着二八横杠自行车——偶尔会骑着心爱的摩托车，那是当时整个城市仅有的两辆中的其中一辆，就去郊外打猎了。

成年后的赛可曾经把自己的童年回忆讲给当房地产老板的表姐夫听，姐夫便由衷地感叹："现如今在国外，打猎都是贵族活动！自己动手做子弹！啧啧！"

童年的赛可每一次都盼着父亲早点回家，好第一时间盘点父亲的战利品，无奈每次等到夜晚眼睛都睁不动了，不得不昏昏沉沉地睡去。直到院子里的狗狂叫起来，赛可便在睡梦中依稀知道父亲回来了。第二天清晨来到院子里，首先映入眼帘的便是两棵树之间挂着的一排野兔、野鸽、野斑鸠。那个年代，田地里的野兔啃食庄稼泛滥成灾，遇到兔子繁殖的季节轻易便能带回很多战利品，父亲经常把它们分给邻里好友。到了冬季，剥了皮的野兔挂在院子里风干，红烧炖煮吃起来别有一番风味！父亲偶尔还会给赛可带回一些花鸟虫鱼作为宠物来养，就算在物质匮乏的年代，赛可的童年也是多彩富足的。

后来，家里来了派出所的叔叔，说是要给家庭枪支登记，这样才可以合法拥有枪械；再后来，派出所又来了人，按照之前登记的内容收缴了这些枪支——根据新的政策，普通居民拥有枪械是非法的；自此家中便再也没了这些野味……

正看得出神，克里斯汀凑了过来。

"这个，很漂亮。"赛可对他笑了一下说。

克里斯汀让店老板拿出了这两把短枪，在手里几番把玩，竟然全都买下了。

午饭是在海滨路上一家炸鱼和薯条的餐厅吃的，据说这样的餐厅是当地的特色，配上一杯咖啡，虽然不怎么可口，赛可也吃得津津有味——生命就是体验，她喜欢体验，无论好的或是坏的。

下午要返程了，临走前来到一家专卖店给波罗买狗粮。一位胖胖的女士和一个年轻的店员热情地打招呼，"漂亮的家伙！"女人望着波罗，一脸的喜爱。

英格兰北部的口音太难懂了，他们热切地聊着天，那女人不时从面前的一排竹筐里拿不同的骨头状的狗粮扔给波罗，克里斯汀根据波罗的喜好挑了几种买单。

"英国的爱狗人士可真多！"赛可说。

在惠特比，很多行人都牵着狗。

"赛可，你养狗吗？"亚历山大问。

"小时候养过。"赛可说，"小时候家里还有一只猫，也养过别的小动物。"

"你喜欢狗吗？"亚历山大问。

"喜欢。"赛可说。

"喜欢什么品种？"亚历山大又问。

"德国黑背。"赛可说。

罗斯一行人很快回到了住处，开始收拾行李准备离开。赛可出门旅行的时候随行物品一向精简，所到之处总是保持秩序和条理，因此拿了旅行包便下了楼。惊讶于这一家三口物品之繁杂，看样子还要花些时间收拾整理，于是她自告奋勇去遛波罗，以减轻屋内的杂乱。

出了胡同，波罗边走边嗅，赛可便和它走走停停一路磨合。路边一家小小的花店，门口地上摆了很多盆鲜花，波罗在盆周嗅来嗅去不肯离开，赛可唯恐强行拉拽波罗会打翻这些花——当然，波罗健壮沉重，赛可也自知拗不动它，只能等待它的好奇心

消退。

她打量着四周——路上的车明显比昨天多了许多；云层依然厚重，没有散开的迹象……

就在此时，波罗竟然对着花盆翘起了后腿，赛可回头的时候，波罗的一泡尿已经顺着石板缝流到了路边！赛可惊呼波罗的名字，店里立即走出来一位中年女士。

"太可怕了！这太过分了不是吗！"女士喊着。

"非常、非常抱歉！"赛可红了脸，恳切地道歉。

"这太过分了！"女士一直嘟囔着。

"是的、是的，我来清洁！能借我一些纸巾吗？"赛可无奈地摸索着自己空荡荡的口袋。

女士进屋拿了纸巾出来，赛可立即蹲在地上用纸巾吸拭并且深深地自责——在他人国度，如此冒犯别人，她不仅感到对不起店主，也感到对不起自己这张东方面孔，甚至对不起自己的国家！

中年女士还在抱怨着什么，赛可只能一边道歉，一边努力解释自己不是波罗的主人，所以狗狗不听她的话……

越是着急，赛可便越是感到语言的匮乏！

正在狼狈之时，罗斯从远处走了过来，或许她已经猜到，自己担心的事情终究还是发生了。罗斯帮着赛可丢弃了沾满尿液的

纸巾，自己也耷拉着双手，无奈地示意赛可回住处清洗。

亚历山大站在大门口张望着，罗斯一边把波罗的绳子递给他，一边跟他讲述："我过去时，赛可正趴在地上擦拭……"

亚历山大一脸的尴尬和愠怒。

罗斯和赛可清洁完毕，带上行李，罗斯把门锁好，将钥匙放回门口邮箱，四人步行去停车的地方。路上罗斯又对克里斯汀讲起刚刚发生的事……

克里斯汀默默地走着，没有言语。

车子行驶在高低起伏的道路上，闷了一个上午的雨此时终于洒落下来，赛可发现对面行驶而来的车辆越来越多，跟她们来时的路况大为不同。

"今天是周五，会有很多人到惠特比度周末。"罗斯说。

行到一处高地时，亚历山大突然喊着："赛可！快看！"

赛可扭头顺着亚历山大所指的方向望去，发现山谷中一辆冒着滚滚白烟的火车正呼啸着穿越丛林。

"哈利波特！原来是真的！"赛可高呼。

一阵欢声笑语过后，复归平静，车里播放着流行乐，两兄弟坐在后排各自戴着耳机打盹，赛可在雨打车窗和音乐声中昏沉睡去。

8

虽说只是两天的短途旅行，大家似乎也都很劳累，第二天全体睡了个大懒觉，赛可一天无所事事地呆着。到了傍晚，克里斯汀冒了出来，忙活了一阵之后，在餐桌摆上了浓汤、沙拉和三份煎牛排。雪白的盘子上面一块厚切牛排辅以西蓝花和土豆泥，再撒上用橄榄油炸过的绿色花朵一样的香料。

罗斯特意开了一瓶红酒。

"哦！我应该换身衣服，穿得正式一点！"赛可略显惊讶，打趣地说。她今天穿了一条印有吉他图案的黑色真丝直筒裤和一件黑色纯棉T恤。

克里斯汀收拾好厨台也走过来坐下。

"谢谢你，克里斯！"罗斯看着儿子。

"谢谢你，克里斯汀！"赛可说。

"赛可说她应该换上正装。"罗斯用赞赏的眼神看着克里斯汀。

"干杯！"罗斯举杯。

用餐时，罗斯看着对面的赛可，"赛可，你刀叉用得真好。"她突然说道。

"谢谢！"赛可知道自己刀叉用得很好，甚至，她看了一眼克里斯汀——比他用得还好。

"有些人，看他们用刀叉真的很难受。"罗斯无奈地说。

"今天，我在推特上发了一张之前做饭时拍的图片，有很多留言。"克里斯汀跟罗斯说，"不过，竟然有人说我是同性恋！"

"什么图片？"罗斯问。

"一盘沙拉。"克里斯汀说，"有人说通过摆盘，知道我是同性恋。"

"你是吗？"赛可很好奇。

"不。"克里斯汀说。

"你有女朋友吗？"赛可问。

"没有。"克里斯汀回答。

"为什么不找一个？"赛可笑道。

"他之前有过。"罗斯说。

"刚分手？"赛可说。

"好几年了。"罗斯说。

用过晚餐，罗斯和赛可端着自己的酒杯移步客厅，客厅不大，沙发壁炉紧凑地围在一起，墙上除了壁挂电视，还有许多画作小品。赛可端着红酒坐在窗前的沙发上，端详着对面墙壁上电视两边的画作，正要跟罗斯赏析一番，克里斯汀走了进来，怀里抱着一个大盒子。

"赛可，我可以去你房间把这个放在床下吗？"克里斯汀说。

"当然。"赛可说。

"我就放在床下，很快就好了。"克里斯汀说。

"去吧去吧！"赛可笑道。

"你给我们看看吧！"罗斯提议。

"哦？那是什么？"赛可问。

"你看拳击比赛吗？"克里斯汀问赛可。

赛可摇头。

"知道泰森吗？"克里斯汀又问。

"泰森，是的，我知道！拳王！"赛可说。

"那你知道富里吗？"克里斯汀接着问。

赛可又摇头。

克里斯汀把盒子打开，掏出一个长方形镜框，把它端端正正地摆在赛可对面的沙发上。

"富里是英国的拳王。"罗斯在一边解释。

"这是他俩的比赛,我去现场观看了,并且,"克里斯汀指着镜框,"我赢得了这个全英唯一的奖项!"

赛可瞪大眼睛"喔!"了一声,"这么带劲!"

"你看!"克里斯汀指着镜框说。

"拳击手套,是他俩的吗?"赛可问。

"是的,上面还有他们两人的签名!"克里斯汀显得兴致勃勃。

鲜红的两只手套一个大一个略小,作击拳状并列在镜框中央,镜框上方是烫银大写的"富里和泰森"("FURY&TYSON"),下方是比赛现场和两个拳王各自获奖的历史照片。

"太珍贵了!多么幸运!"赛可由衷地感叹,"中大奖这种事真的很神奇,你被你们的上帝保佑过吧!我自己就从未遇见过这样的幸运。"

"确实很幸运。"罗斯轻轻地说,就像说给她自己听。

9

今天的天气太好了，碧蓝的天空没有一丝杂质。

午后，赛可坐在院子里，抬头望着天空——童年记忆里的天空都是这样的！而如今，描写天空的词语"晴空万里"、"万里无云"、"碧空如洗"似乎永远被封存于童年的作文本中，离现在的生活那么遥远。

成年人的世界早已没有了那么多的新鲜和好奇，工作和家庭中更多的是责任，生活如同一潭死水，幸福和快乐的能力不断降低。从几年前开始，每天起床拉开窗帘，第一眼看到的往往都是阴沉的雾霾，赛可于是感觉失望透顶；从不让赛可"失望"的就是每天起床都经历一次失望。尤其是冬天，连对面的建筑物都看不见的时候，她就会想"这就是世界末日吧！"——电影中灾难片就是这样，无论是山崩海啸大地震、生化核战流行病，画面中天空的颜色都是这样。

记得有一次跟一位朋友外出，朋友开心地说："今天的天气太好了！心情也变好了！"赛可愕然，抬头看看苍白的太阳、淡蓝的天空、淡淡的白云、还有远处淡淡的青灰色的薄雾。难道朋友没有经历童年？难道人们已经忘记了纯净天空的模样？

还有她的丈夫，每天吃早餐的时候都会点开手机上的空气质量报告，查看PM2.5指数。"嗯，今天的空气质量是良！"他总是满意地说。

"去窗前看看远处就知道了，污染。"赛可吃着东西，头也不抬。

"要看数据！这里明明有数据！"丈夫说。

"数据不可信，看看你的视线能有多远，能见度不会骗人。"赛可说。

"数据是科学，不相信科学，可笑！"每当这时，丈夫都会变得愤懑不已。

争论多了，自己反而像是有问题的人，赛可再也懒得说什么。很多事情，常识就够用了，人们确实忘记了天空原本的模样。

记得英国历史上也曾发生相似的情形，1952年"伦敦烟雾事件"导致多人死亡，痛定思痛的英国政府在次年出台了世界上第一部关于空气污染的《空气清洁法案》。

在现今的中国，一位知名女记者对于空气污染的报道引起了

舆论的轩然大波，好在自己国家有一个地表最强执行力的政府，整治污染行动随即展开。现在空气质量渐渐好了起来，每当天空又露出它的碧蓝肤色，每当站在窗前能够看到远处的建筑和树木，赛可就会找回久违的幸福感！

"是我要求太高了，还是要求太低了？"对于这个问题她一直有点糊涂。

中国上下五千年，各个朝代都是世界舞台上最强盛的存在，明朝原本可以领先世界的科技发展，却颁布了"发明机械者斩"的法令。无知者说这是无知、是愚昧，如果反过来想呢？细思能够极恐的人也许才是有悟性的——古代东方的这条律令和现代西方"科技就像撒旦"的观点出乎意料地前后呼应——科技发展即将置人类于死地！

我们的天空、我们的海洋……

赛可不禁深深地惊叹于古人的深刻洞见，又继而联想到，发达国家和发展中国家的划分标准是不是该改一改了——也许，该用空气质量作为标准？

"赛可，我们去附近兜兜风吧！"罗斯来到后院，对出神的赛可说道。

赛可扭头，"哦。"

罗斯载着赛可似乎是漫无目的地闲逛，两人把车窗降下来，被风吹拂的感觉煞是惬意。

"利兹的天气变幻无常，"罗斯字正腔圆地操着一口英腔，或许是职业的关系，她说话时吐字清晰，语速不紧不慢，只是稍有一点点英国北方的口音，"经常是刚刚还艳阳高照，转眼间就下起了雨。所以一遇到好天气，人们就赶快出来晒太阳，在室外喝茶！就好像说，'赶快！抓紧时间出门！太阳一会儿就不见了！'"罗斯说着笑了起来，"今年很奇怪，一周来都是这么好的天气，雨水少了很多。"

车子拐了个弯，一池湖水映入眼帘，就好像是突然之间，它就在那里了，毫无预兆。

罗斯把车停在湖边的小路上。

下午的阳光照射在湖面上，反射出一层淡淡的光辉。湖面墨蓝色，平静地泛起一些褶皱。小路的另一边是木栏围起的草场，远望过去是一片金黄色，近看却是过膝的野花——白色的雏菊。

赛可和罗斯都不说话，只是站在那里，各自眺望……

不知过了多久，感觉到了凉意，两人才上车离去。

穿过林木茂密的幽静小路，来到一片不见人烟的居民区。

"富人区啊！"赛可调侃道，"都是大房子，附近还有水库湖泊。"

"旁边有高尔夫俱乐部和公园，利兹的几个高尔夫球场都在这附近。"罗斯说。

"环境真好！"赛可感叹。

"我以前就住在这里，我跟你说过，那几年快乐的日子。"罗斯说。

"啊！"赛可感到猝不及防，"你现在住的地方也是极好的，虽然，这里环境更好一些，但是，好冷清啊！"

罗斯不语。

片刻的沉默后，车子疾驰而去。

10

按照罗斯所说，莫要辜负好天气，趁阳光正好，吃过早午餐两人就驱车来到了贝克维少（Beckwithshaw）花园。

买票进入园内，就像来到了另一个世界——花仙子的世界。偌大的花园披满了大面积的植被草坪，一丛一簇的花花草草热烈地生长绽放着。

如果说夏季的利兹是绿色的，那么这里毫无疑问就是彩色的！

赛可对英国园艺早有耳闻，据说在英国"人人都是园丁"——上至王宫贵族下至平民百姓，英国人就像呵护恋人一般热爱着园艺。英国电影《小混乱》（A Little Chaos）里有这样一句话："父亲告诉我，上帝最初就是把人类安置在花园里，当他将我们从伊甸园里驱逐了以后，寻找和重建失乐园就成了我们注定的使命。"也许，英国人比世界上其他地方的人都更具有这种使命感，就像鸟类中的园丁鸟，永远孜孜不倦地追求色彩与美。

赛可与罗斯徜徉在园中——过膝的紫色、黄色的灌木花丛争相斗艳，白色的玻璃花房里挤满了五颜六色的多肉植物，孩子在碧绿的树荫下来回奔跑，僻静处溪流蜿蜒曲折，树枝藤蔓编织的精灵和恐龙出没在岸边和附近的草地上，小木屋隐蔽地呆在林木深处……

与中式园林的精工巧思、诗情画意比起来，英国花园处处流露着自然随意、不饰雕琢的气息，唯有花丛与花丛之间的色彩搭配、高低错落的丰富层次在不经意间透露出园丁们的心思。

在花园里绕了大半圈来到一处景观小品的区域，木栅栏围起的院落被繁茂的玫瑰花树环抱着，最能代表英式庭院的景观莫过于爬满蔷薇的木质庭廊，旁边是长满了芦苇的罗马式样的长方形水池；另一边是一个长满了浮萍的小水塘。赛可在庭廊的尽头坐下，一只小鸟在她脚边悠闲地散步，在地上啄来啄去。

她长吁一口气，抬头望着天，脑子里一片空白——世上的喧嚣和头脑中的喧哗此刻都已离她远去。

罗斯还在远处打着电话；她似乎一路都在打电话，赛可也一直刻意跟她保持一定的距离。罗斯回头看见赛可坐下，于是转弯去了别处，一会儿工夫就不见了；再出现的时候，手里多了一瓶矿泉水。

"给你,天太热了。"罗斯把水递给赛可。

"谢谢!"赛可摇摇头,"罗斯,我们去喝下午茶吧!"

"好的,"罗斯犹豫着,"不过这会儿人很多,我刚才买水路过,看了一眼。"

"我们去吧!"赛可笑笑。

罗斯点点头。

走出花园大门,旁边就是贝蒂的"咖啡和茶屋",来的时候赛可就注意到了这个可爱的房屋,红顶黄砖墙,灰色橱窗金色的字,乡村风格中透露着一丝温柔的优雅。客人已经坐满,此时不得不排队等候。赛可在橱柜前溜达,欣赏各式造型精致可爱的小点心、各种包装的茶罐、茶具,女人对这些精致的东西天然就没有抵抗力。

直到罗斯向她招手示意,两人被服务员带到茶室最里面靠近窗户的座位。和茶屋的外观不同,屋内是原木框架的阳光房,坐在室内就可以欣赏花园中的景色,如果是冬季,这里一定是温暖惬意的;但在夏季的下午,阳光热烈,不由得令人感到闷热。

"想要点什么?"女服务员面带微笑。

"两份下午茶套餐。"没有等罗斯开口,赛可就跟服务员说。

"有食物过敏吗?"女孩温柔地问。

"没有。"赛可说。

女孩笑笑离开。

"罗斯，我来请客。"赛可做着强调的手势。

罗斯面露疑惑的神色，"这太慷慨了！"她轻声说道。

"别客气，我只是想表达对你的感谢。"赛可说。

一位年轻的男服务员走过来摆上了餐具和餐巾，白色的餐巾纸上印着金字"贝蒂100"，底下一行写着"1919—2019"。

"这家店已经存在100年了！"赛可说。

"这里的食物原料——鸡蛋、牛奶、面粉都来自贝蒂自己的农庄，质量非常好，茶叶也是自产的。"

"我喜欢。"赛可说，"我非常喜欢甜点，有了女儿以后，为了她的健康着想，我就开始学习烘焙，我很在意原料。"

服务员很快摆上了茶点，赛可迫不及待地啜了一小口红茶。

"怎么样？"罗斯问。

"一般吧！"赛可毫不掩饰——作为茶饮大国的子民，她对茶的品位可不那么容易得到满足。

罗斯略微有些失望。

下午茶套餐的三层塔从下往上依次是三明治为主的咸点、司康和甜点，内容并无新鲜感，虽不及橱柜里摆放的点心可爱，但是咬上一口，原料果然是极好的，最重要的是新鲜，用指背轻轻

碰一下司康饼，热烘烘的。

喜欢下午茶的赛可对于英国的茶文化曾经专门了解了一番，知道英国的下午茶有低茶和高茶之分。低茶专指贵族名流在下午休闲时光享用的茶点，人们在客厅或者室外草坪上悠闲地打发时间，身旁的茶几上摆放着茶点。高茶则是大众的茶点，在过去，下层民众会在工作之间补充体力，一般是下午六点钟在餐桌上食用茶点。两相比较，于是有了"高低"茶之分别。

"英国是不是有低茶和高茶的分别？"赛可想请教罗斯英国的下午茶文化。

罗斯则是一副不置可否的表情。

——也许这是一个过时的话题。

"罗斯，谢谢你！这么忙还带我来这里。"不等罗斯回答，赛可接着说道。

"哦！我很抱歉在花园里一直打电话。"罗斯说，"不是工作，是杰夫。"

"你男朋友。"赛可说。

"是的。还有亚历山大，跟我商量晚餐吃什么，他要做晚饭。"罗斯说。

"他们兄弟俩平时和你一起住？"赛可问。

"是的。但是，他们都有自己的房子，我对这一点很骄傲。"罗斯说，"他们的朋友有了钱就去旅游享乐，他们则存下钱买了房子。"

赛可赞赏地点点头。

"克里斯的房子在装修，亚历的房子租出去了，所以他们一直都跟我住。"罗斯又说。

"他们有一个好妈妈，真是不容易，你独自把他们养大。"赛可说。

"也不算什么。"罗斯说，"我经历过更不容易的事——克里斯汀。"她的眼睛看着远处。

"克里斯汀。"赛可看着罗斯。

"是的，克里斯汀五岁的时候遭遇过一场车祸。"罗斯说。

"上帝啊！严重吗？"赛可问。

"我以为他要死了。"罗斯说，"他全身都上了夹板，躺了很久，活了过来。"

"天呐！"赛可低声喊道。

"那是我一生中最难熬的时间。"罗斯淡淡地说，"最初的几年，我以为他再也站不起来了。"

赛可默默地看着她。

"随着慢慢长大,他开始变得暴躁。发起脾气很可怕,摔东西。因为疼痛,所以心情不好。"罗斯说。

"现在呢?"赛可问。

"除了胳膊,全身都是金属支架。"罗斯说。

赛可感到自己的胃一阵紧缩,"可是,完全看不出来。"她笨拙地安慰。

"他不能久站……"罗斯说着,陷入了沉默。

"那段时间太漫长了,我和亚历山大都受不了他的脾气,没有人可以天天生活在这种情绪中。"罗斯吁了口气,"直到长大后的某一天,他意识到了这一点,从此就独自忍耐,不再发脾气,关于疼痛什么都不再说。"

"罗斯!"赛可感到脑子里既混乱又一片空白,"你和克里斯值得所有的爱!"她说。

推开家门,餐厅里传来"隆隆"的机器声,克里斯汀正拿着吸尘器打扫卫生。他穿着黑色背心,光着膀子,卖力地干活。

"嗨!"克里斯汀看到走进餐厅的赛可,于是大声问候。

"嗨!"赛可回应着。

克里斯汀关掉吸尘器开始收电线,赛可端了杯咖啡在一旁看

着他,"你拿吸尘器干活的样子非常男子汉。"赛可说。

克里斯汀低下头笑了一下,长长的睫毛垂了下来。

赛可溜达到后院,院子里停放的摩托车被移去了车罩,崭新黑亮,赛可虽然不懂机车的品牌,也知道这是辆好车,价格不菲。

"赛可,你好!"亚历山大出现了,站在餐厅门口灿烂地冲院里的赛可打招呼。

"嗨!你好!"赛可不禁有些惊喜,"你消失了……"

亚历山大咧开嘴笑。

"她和女友和好了。"罗斯走了过来。

"哦!好消息!"赛可说,"恭喜你!"

"这两天,他在女友那里。"罗斯说。

"你见过她吗?"赛可看向罗斯。

"见过。"罗斯说。

"喜欢?"赛可问罗斯。

"亚历的年龄该有个女朋友,这对他有好处。"罗斯说,"她一会儿来吃晚饭。"

说话间亚历山大的女友就到了。

女孩瘦高个儿,和亚历山大的身材很般配,黝黑的皮肤,身穿牛仔热裤和小背心,背着路易威登的小背包,眉毛高挑,忽闪

着夸张的假睫毛，头发光溜溜地梳到脑后，露出光亮的脑门。

相互问候之后，罗斯和赛可一起来到客厅，并且关上餐厅的门，留下那对小情侣开大了音乐声，聊天做饭。

晚餐很不错，亚历山大做了沙拉、罗宋汤和意大利面。

"亚历山大曾经在意大利餐厅打工，因此对意餐很在行。"罗斯介绍。

女孩在餐桌上显得很拘谨，很少说话，只在餐后和赛可一样对亚历山大表示感谢。

"很美味。"她说。

"是的，谢谢你的晚餐！"赛可也跟亚历山大说。

用餐时的赛可有点心不在焉，一直在想克里斯汀为什么不在？他总是悄无声息地来去，不知道他在干什么，去了哪里。

晚餐后赛可早早地上楼，呆在自己房间里。

她在手机上刷着新闻，感到忧心忡忡，和美国的贸易战打得如火如荼，国内的证券市场也受到了诸多影响……

到了十一二点的时候，刚刚关上灯准备睡觉的赛可听到摩托车的轰鸣声，声音由远及近，窗户上扫过一束刺眼的光亮，轰鸣声随之沉寂了下来。

克里斯汀回来了。

11

　　意外地，今天又要去约克，大概是庆祝亚历山大和女友复合，也为了增进这对小情侣的感情升温。

　　一路上，罗斯放着欢快的音乐，时不时和女孩儿聊几句，女孩儿带着很重的口音和卷舌音。

　　"亚历，约克有梵高展，你们可以去看看，赛可说非常棒！"罗斯说。

　　"好的，妈妈。"亚历山大说。

　　"亚历山大喜欢约克。"罗斯跟赛可说。

　　"亚历山德拉，你去过约克吗？"罗斯对后面提高了嗓音。

　　"没有。"女孩回答。

　　"你看，亚历山大、亚历山德拉，名字都这么像！"罗斯开心地跟赛可说，"只差一个音！"

阳光和昨天一样热烈，走出停车场，两个亚历就和罗斯她们分道扬镳了。罗斯和赛可去往中心街道的时候途经一座小教堂，门口浆果紫色的牌子上写道：

欢迎来到 Welcome to

万圣大道 All Saints Pavement

我们的 Our

十四世纪 Fourteenth Century

教区教堂 Parish Church

————它拥有 With its————

10 世纪的墓盖 10th Century Grave Cover

14 世纪的西窗诗画 14th Century West Windows

15 世纪的天顶 15th Century Ceiling

17 世纪的讲坛 17th Century Pulpit

19 世纪的肯普窗 19th Century Kempe Windows

请入内 Come in

去看，去思索，to Look, to Think,

去祈祷 to pray awhile

愿上帝保佑你 and may God bless you.

赛可走进去，里面空无一人，室外的炎热似乎跟这里毫不相干，光线昏暗，却没有潮湿的感觉，而是阴凉干爽。罗斯也跟着走进来，赛可绕着四周缓步巡视，打量着那些光彩绚丽的玻璃窗——据门口摆放的资料介绍，这些窗户是由一位名叫海伦·惠特克的艺术家运用彩色玻璃设计的。两侧墙壁上刻了许许多多的名字，罗斯说这是为了纪念那些在战争期间为国捐躯的本地士兵。

两人静静地坐了一会儿，走出教堂。

教堂的斜对面有可以用银联卡的银行柜员机，于是赛可去取现金，以便给罗斯交付当周的生活费。街口有一位引吭高歌的中年男士——高大的身材，留着浓密的络腮胡子，自我陶醉地唱着意大利歌剧，全然不在意周围并无人驻足倾听。赛可于是站在路口对面聆听片刻，然后走到男士面前，蹲下身来在盒子里放入了几英镑。

赛可跟着罗斯逛了几家鞋子和服饰商店，罗斯陪着赛可逛了几家饰品商店，协助赛可跟店员沟通，令她收获了几件心仪的首饰。

"世界的设计看欧洲，欧洲的设计看英、意。"赛可常常跟朋友这样说。

审美这件事需要环境的熏陶！巴黎的博物馆、佛罗伦萨的街道，欧洲中心城市的市民自孩提时期就在博物馆上课——历史、地理、宗教、艺术，从小浸淫于艺术的氛围之中，对美的感受力和鉴赏力自然有很高的水准。从服饰到化妆品，从产品包装到广告，来自欧洲的设计艺术引领了国际的时尚潮流，占领着各大都市的风尚前沿。赛可不是一个真正的足球迷，每逢欧洲杯和世界杯却场场不落，最主要的原因就是她喜欢看这些球员——的球衣，尤其是意大利球员，穿上国家队服简直像是电影中走出来的人物，她每次给国家队服排名，意大利大概率能得第一名，由此她便认定，世界顶级男装设计就在意大利。

从饰品店里出来，古街上似乎突然之间冒出了许多游人，来来往往的还有很多中国的学生团。被太阳烤得又热又渴的罗斯和赛可走进临街一家小小的餐厅。罗斯掏出手机给亚历山大打电话，让他和女友过来吃饭；赛可便趁着这会儿时间打开手提袋里的盒子，欣赏着刚刚买来的饰品。这是一条菱形卷边银片串起的项链，银片的正反两面分别做了抛光和磨砂处理，既有层次和对比，又具有一种简约和时尚的美。另外一件是银质手链，材质

的处理上和项链有相似的感觉，整体风格却多了份细致优雅。还有一件带圆形母贝吊坠的金色长链，来自于英国本土的知名品牌 Links，这个品牌在中国也有一些专卖店。赛可与它初次相遇便被打动了，精致优雅的设计触动了她的审美点，而它最迷人之处却在于——乍一看上去，这些作品似乎普通到并无多少魅力可言，可是如果你多看一眼，多品味片刻，便会被它吸引得挪不开脚步。这些第一眼看上去并不起眼的作品似乎一直在默默地对你说——你只有靠近我，才懂我的美。

"我见过凯特王妃的订婚照，"赛可说，"照片上她佩戴的就是这个品牌的饰品。"

正和罗斯谈论这些饰品的时候，两个亚历走了进来。

"嗨，赛可！你还好吗？"亚历山大声音洪亮。

无论何时，他总是这么热情有礼。

"嗨！"赛可微笑。

"你逛得开心吗？"亚历山大说。

"很开心，我买了一些漂亮的东西。"赛可说。

"这些小东西能使女人的心情变得美好。"她开心地跟罗斯说。

坐在赛可斜对面的亚力山德拉看了一眼桌面，眼角飘出不屑。

"天气实在太热了！"罗斯张望着四周，"你今天没有带遮阳

伞。"她跟赛可说。昨天去贝克维少（Beckwithshaw）花园游览的时候，罗斯留意到赛可是打着遮阳伞的。

"没想到今天会更热。"赛可说。

"在中国，女人夏天通常要打伞的。"罗斯跟亚历山德拉介绍。

"为什么？"女孩露出不可思议的表情。

"我也不知道。"罗斯耸耸肩。

女孩再次露出轻蔑的神情。

"因为会得皮肤癌。"赛可跟亚历山德拉说。随即，她觉知到自己有点不怀好意。

关于伞的问题，赛可自有一番自己的"理论"。

中国伞发明自春秋末年，英文出现 Umbrella 这个词则在公元 12 世纪，其本意就是"遮阳"。东西方女性都曾经流行撑遮阳伞，大抵是为了和劳动阶层有所区别——撑遮阳伞不仅是时尚和财富的象征，当然也能更好的保护皮肤，因为肤色是可以反映阶层的，这一点在今天的西方社会依然适用，只不过肤色代表的地位刚好反了过来。为什么现代西方女人放弃了撑伞的潮流呢？赛可认为这全要归因于西方工业革命的产物——发动机。发动机的发明使得人们的行动范围前所未有地扩张——火车、飞机、轮船，

再到后来的私人游艇，人们的出行范围越广、越频繁就说明其越富有，如果你一年365天都在出游而不用工作，那就是有钱有闲的富有阶层。在西方富有阶层的眼里，皮肤白是工薪阶层的象征，是在工作间里捂出来的，就像呆在卢浮宫里苍白的雕像。有钱人自然是要到世界各地去征服大自然的，就算没有那个梦想，也要表明你常年是在太阳下、沙滩上打发时间，于是皮肤就应该是阳光吻过的颜色——蜜糖色。对于欧美人而言，肤色的深度彰显了家底的厚度，以黑为美不仅关乎美，更关乎生活理想，深色的皮肤更无形中彰显了一个人在人群中的地位。要不就连美国的现任总统在就职之前也要花钱去做美黑！只是，赛可汕汕地想，"护目镜在脸上留下的白色镜框显得不够高级。"

　　而对于中国人而言，情况就简单得多了：从古至今，美的基本标准只有一个——白。亚洲人五官精致，当然也可以说是面部构造相对平面化，结构纵深完全撑不起深色调，黝黑的皮肤加上黑头发黑眼睛，远远看过去整张脸就会是"模糊"一片。常被中国女人挂在嘴边的"美白"二字就是说，白了就美，美就是要白，一白遮百丑。白皙的皮肤搭配黑亮的眼睛和头发，才能呼唤出凝脂肌肤、明眸皓齿的神韵，否则还真不知道国画仕女图该怎么下笔！

赛可感觉自己的英语水平不足以支撑自己阐述这么"系统"而庞杂的理论，只有从现代科学观给出一个合理的解释——"皮肤癌"！简单明了还不矫情。

亚历山德拉怔怔地看着罗斯。

"亚历山德拉是哪个国家的人？"赛可问罗斯。

"罗马尼亚。"罗斯回答，"你知道罗马尼亚吧！"

"不，不知道。"赛可淡淡地说。

"记得你说曾经去过。"罗斯说。

"亚美尼亚，"赛可说，"我曾经去过亚美尼亚。"

"哦……对，亚美尼亚。"罗斯一脸的迟疑，"你不知道罗马尼亚？"

"不知道。"赛可说。

亚历山德拉看上去有些沮丧。

赛可则回忆着这个曾经和中国十分友好的、曾经的第三世界社会主义国家的往事：九十年代初，自己的一个亲戚和这个国家做服装贸易，生意红红火火，然后去了布加勒斯特开办公司，算是改革开放之后首批做国际贸易的成功人士。后来和当地黑社会武斗枪战，被弹甲打伤了头颅，这才回了国……如此说来，自己和这个国家还是有一丝的联系。

餐厅里太热了，四人匆匆吃了午饭离开餐馆，罗斯带着赛可再度和两个亚历分道扬镳。

赛可在古街上惊喜地发现了昨日才吃过下午茶的"贝蒂茶屋"，于是步入店内欣赏着那些精致可爱的点心，然后指着橱柜逐一点单。

罗斯告诉她买太多了。

"我想买给克里斯汀，可以吗？"赛可说。

"当然。"罗斯说。

罗斯和赛可来到河岸边散了会儿步，然后去河边一家餐厅喝饮料。餐厅内外人声鼎沸，恰好室外岸边的露台上有一张空的桌子，罗斯和赛可便坐了下来，过了一会儿两个亚历也到了。

"看！给克里斯汀买了点心和巧克力！"赛可指着袋子跟亚历山大说。

毒辣辣的太阳当头晒着，两个亚历喝完自己的啤酒起身离去了，不一会儿就出现在对岸的桥洞下。亚历山大冲罗斯和赛可大声呼喊招手，双方还很配合地给对方拍合影照。

回程的时候，车里安静极了，大家似乎是热坏了，像被晒蔫了的花草。

车子渐渐驶入利兹郊区，"赛可！快看！"亚历山大突然说，

"就在这条路上，波罗曾经出过车祸！"

"哪里？"赛可循着亚历山大的指向望去，"天呐！"

"当时克里斯汀正带着他散步，突然他就冲出去了，被一辆车给撞了。"

"天呐……"赛可有些恍惚，一时间竟不知该说些什么。

"差点就死去了。"亚历山大说。

赛可听罗斯说过，克里斯汀和罗斯一起去买波罗的时候，它还是条小奶狗，克里斯汀当时一眼就喜欢上了它。

只看波罗那闪着金褐色光泽的健康皮毛和强壮的体型，就知道克里斯汀对他的疼爱。夜晚，克里斯汀也总是把波罗带到房车上睡觉，相互陪伴。赛可想到了克里斯汀小时候的车祸，主人和他的狗，同样的遭遇，如此巧合？两件事情有什么关联吗？现代科学能够解释这种现象吗？量子纠缠？为什么罗斯一家会经历如此之多的不幸呢？

赛可发着呆，胡思乱想着……

吃过晚饭，罗斯翻出久已不用的投影仪，花费很长时间连接调试，又在后院的大铁盆里用树枝生了火，拿了两条薄毯，把影像投映在储物房的墙壁上，准备给俩个小爱侣制造一个温馨浪漫

的夜晚，亚历山德拉显得非常开心。

亚历山大趴在妈妈的背上，用胳膊环绕着她的脖子，似乎要让罗斯背着他。

"赛可，过来！"他冲门内的赛可喊道。

赛可看着他童心未泯的模样，开心地笑了。

"快来！你也上来，来呀！"亚历山大继续催促。

"你多大了？"赛可笑着问。

"二十五。"亚历山大说。

"简直不敢相信！我还以为你十五！"赛可说。

罗斯也无可奈克地笑着。

"我是中国人！"亚历山大兴奋地喊着，"我不会老！"

院子另一头的亚历山德拉坐在户外凉椅上默默地抽着烟，看着亚历山大胡闹。

"赛可，投影调好了，你也来瞧一眼吧。"等儿子闹够了，罗斯说。

"谢谢。"赛可笑着摇了摇头。

"来吧，是投影，就像电影院里那样。"罗斯再一次邀请。

"我知道，我也喜欢在家看。"赛可说。

罗斯不再坚持，赛可回到餐厅，坐在餐桌旁一边喝茶一边玩

手机。

没过多久,三个人就进来了,说是投影仪总出问题,无法使用。亚历山大注视着亚历山德拉,轻声地说:"抱歉!"亚历山德拉难掩失望,和男友窃窃私语后,两人便离开家去亚历山德拉的住处了。

赛可和罗斯道了晚安上楼,洗漱完毕照例坐在床上看着手机里的新闻,听到摩托车的轰鸣声和开门声,便知道克里斯汀回来了。

餐厅里传出开关冰箱和做饭的声音。

"这是贝蒂的蛋糕。"隐隐约约又传来罗斯的声音。

母子俩一直在聊着天,聊到很晚。

"罗斯一家人之间似乎有说不完的话。"赛可关了手机,这么想着进入了梦乡。

12

今天清晨似乎特别安静，赛可下楼来到餐厅，罗斯不在。赛可做了杯咖啡，打开冰箱寻思着给自己和罗斯做点早餐。后门响了一声，克里斯汀走了进来。

"嗨！"赛可下意识打了声招呼。

"嗨！"克里斯汀说。

"我正准备做饭，你喜欢吃什么？"赛可问。

"我来做吧！"克里斯汀说。

"哦！"赛可有点意外，"我会做饭。"

"我来给你做，我妈妈上午不在家。"克里斯汀说。

赛可不知道克里斯汀的饮食习惯，又不知该说些什么，只好默默地去餐桌旁坐着。

克里斯汀打开冰箱，取出两个鸡蛋，把蛋清和蛋黄分别打到不同的碗里，蛋清内加入一点盐和柠檬汁，用打蛋器打出雪白绵

密的泡沫，拿勺子盛到垫着油脂的烤盘上，堆积成云朵形状，放入预热的烤箱烤3分钟，再把定型好的蛋白拿出来，放上蛋黄继续烤5分钟，取出后撒上盐和香料，一份云朵蛋就大功告成了。

鸡蛋进烤箱的时候，克里斯汀又煎了培根和土司，用天蓝色的瓷碗盛了番茄焗黄豆，把所有食物摆放在原木料理板端上餐桌，又摆放好两个雪白的瓷盘和刀叉。

"你喜欢做饭？"整个过程看得赛可不由地有些吃惊。

"是，我有一些烹饪书，平时会按照上面做东西，"克里斯汀说话的时候带着浓重的英国北部口音，嗓音就像美国西部片里的牛仔，他刻意放慢了语速好让赛可能够听懂，"我喜欢。"他说。

赛可用刀叉把一个云朵蛋和一片培根摆到自己的盘子里，雪白蓬松的蛋白经过炙烤后表面带着一抹鹅黄，中间窝着一个橙亮的小太阳——刚刚有些凝固的蛋黄，看上去就像一副小清新的画作，带着治愈系的纯洁与温暖；一层油脂一层瘦肉的油亮鲜浓的培根，有着美食大片里的高颜值，专业厨师的水平也不过如此了，赛可很庆幸自己有这样的口福。

用餐的时候异常安静，两人默默地吃完早餐，赛可主动要求洗碗。

"我放洗碗机洗。"克里斯汀赶忙阻止。

"就几个盘子，我来洗吧。"赛可说着就开始动手洗，克里斯汀站在一旁看着，然后走到赛可身边，伸手把赛可面前的龙头阀门扭来扭去，并不停地用手来试水温，感觉满意了，才走到一边去了。

罗斯在午饭稍过的时候回来了，"你好吗？"她对赛可说，"很抱歉，我去学校处理了一些事情。"

"别说抱歉，"赛可笑道，"我很好，我是成年人。"

"我们今天去利兹博物馆怎么样？"罗斯问。

"好的，太好了。"赛可说。

"就在市中心的千禧广场（Millennium Square），这个博物馆建于1819年，1941年曾遭纳粹德国飞机轰炸而严重受损，关闭过一段时期，2008年9月才重新开放。"罗斯说。

"让我们去看看吧。"赛可点着头。

利兹城市博物馆有八个主题展区，分别是古代世界、货币与纹章、服装与纺织品、画廊、装饰艺术、利兹故事、自然科学和世界文化，游览下来不仅可以了解利兹的历史，也可以加深对世界其他国家和地区历史的了解。

虽说是19世纪初的古建筑，博物馆里面却是古典和现代相

结合的装饰风格，每个区域各有特点。图书室的木质穹顶，令赛可想起中国古代建筑中的藻井，两者有相似的感觉，形制却大为不同。厅廊等一些公共区域依旧保留着古典风格，装饰着繁复绚丽的马赛克瓷砖和彩色玻璃窗。罗斯指着地板和墙上的瓷砖纹饰告诉赛可，那些花朵是白玫瑰，是约克郡的象征。

令人印象最为深刻的是纺织品区域。由当地教会和一些机构组织妇女绣织的挂毯，生动形象地描绘着圣经故事，很难想象这些巨幅庞杂的图案需要经过多少个日日夜夜才得以完工，看着这些一针一线堆积出来的织品，感受到的却是勤劳朴实、虔诚专注的精神。

艺术品区的绘画和雕塑多是近现代艺术家的作品，有两件作品令人印象深刻。一件是现代艺术，作者用碎玻璃、瓶盖、口红管、橡皮垫等废弃物在一面墙壁上拼粘出一副英国国旗，每件碎片都细细地涂了红色或者蓝色的丙烯颜料，远远看去，洁白墙壁上的国旗图案干净细腻，此外便没有什么值得赞叹和瞩目；走近再看，你却能够发现米字线条之中充满了变化，每个碎片都在用自己的形态做着表达。再一次踱到远处，这些碎片似乎都鲜活灵动了起来，每一个碎片都呆在属于它的最完美的位置，碎片之间的距离挪动一分一寸都不可以。赛可在它面前久久驻足——她试

着在头脑中把一根小木棍移到别处,平衡与优雅感似乎瞬间就丧失了。那个发夹,如果拿掉呢?画面则不够丰富有趣了。杂乱废弃的碎物,在规则之中竟能体现出如此细腻而丰富的美感,赛可心中不禁升起了对艺术家的敬意。

另一件作品是油画,作者是维多利亚时代的唯美主义艺术家,出生在利兹。赛可站在画作前许久不能挪动脚步,画中的白月光,美得令人心醉。通透洁白的月光挂在绵软的云层之间,洒向温柔的塞纳河,洒向大地;遛狗的妇人趴在岸边的石栏上,眺望着远处的商船。天上的月亮,河面的月光,一支画笔竟然可以将如此世俗的场景描绘得如此平静而圣洁。赛可之前在画册上看这幅《塞纳河上的光辉》(《Reflections on the Thames,Westminster,1880》)时并没有如此被摄心魄的感觉。站在原作前,画家的笔触蘸着他的心境悄无声息地渲染着附近空间的氛围,赛可被画中的情绪攫获,仿佛无意间窥到了画家的内心——这是观看图片时不会拥有的情绪体验。

馆内还有一处区域可观赏由当地社区组织拍摄的现代利兹的日常生活,从舞蹈到食物,从风俗到服饰,此外,还详细地介绍了这个城市的各种节日和庆祝方式。

手作区还定期开展绘画、泥塑等体验活动。整个博物馆具有

很强的互动性，因而更像是市民休闲学习的场馆。

罗斯和赛可在一楼用了简餐和咖啡，餐厅颇有波斯装饰风格的味道，客人三三两两，有位身着黑袍头戴彩色头巾的黑人女性带着女儿吃冰淇淋，倒是和整个环境相得益彰，赛可看着小女孩儿不禁微笑起来。

"赛可，我很抱歉！明天周末，利物浦的好友邀请我去参加她的派对，你不会介意吧？"罗斯说。

"哦，去吧去吧！"赛可说，"你应该有自己的生活，我会很好的。"

"我会带上亚历山大，派对的主题是拉斯维加斯，亚历是牌桌上的发牌员。"罗斯说。

"好有趣！玩得开心！"赛可说。

"我们明天下午出发，后天就回来。"罗斯说。

"好的。"赛可说。

罗斯的神情带着些许歉意。

"我觉得，我终于可以吃中餐了！"赛可又说。

"中餐，对了，我有一个火锅，如果你要用的话，我给你找出来。"罗斯说。

"火锅？"赛可有些意外。

"一个中国学生送给我的,还在家里给我们做过的,非常不错。"罗斯说。

"太好了,我很喜欢吃火锅!"赛可说,"有中国食品超市吗?我可以去采购。"

"有的,我现在就带你去。"罗斯说。

这家华人超市开在一个废弃的工厂大院里,用于停车的场地估计是以前堆放原材料的地方。超市不大,商品倒是异常齐全,中国人喜欢和想要的食材基本上都找得到。赛可最开心的是找到了国内最大的火锅品牌海底捞的火锅底料,这里不仅有牛羊肉卷、牛肉丸、鱼丸、年糕、水饺、煎饺,有广东和福建的汤料套装,还有炖糖水的食材,赛可拿了好几份银耳羹的汤料和米酒;然后在生鲜区挑了一些适合吃火锅的蔬菜和菌类,实在挖掘不出心好之物了,这才感到心满意足。

一旁的罗斯等着结账,赛可示意她自己买单。结账的店员是华人女孩,在这里工作的还有一些搬运货物的黑人店员。除了一些华人顾客,也有几个白人在挑选商品,"他们一定在中国留学或者工作过呢!"赛可想,"品尝过地道中餐的外国人有几个不留恋中国味道呢?"

记得几年前,国内大肆流传一篇外国机构撰写的意识形态浓厚的文章,通篇都是对中国文化的诋毁,其中特别提到了饮食,大抵是说中国人只知道"吃"、生活中"只有吃"这件事、对"吃"这件事太执着。言语之中彰显的含义就是,中国人的生活低级,中国人也低级。赛可看完文章除了气愤,对于其中的观点却是丝毫不以为然——写这种文章的人或者其背后的组织,要么是别有用心,要么就是头脑愚昧和知识残缺。

吃,中国人叫饮食,代表的不仅仅是一种文化,更是一个民族的历史与智慧。中华饮食不仅折射了无数盛世的繁荣富足,也反映出天灾困苦中的生存智慧——毕竟人类历史时不时地就要面临饥荒,如何利用有限的资源解决生存问题,甚至利用各种工艺以丰富食材的品种,发展出不同的烹饪方法令其变得美味可口、五味俱全,不正是人类智慧的体现?每个民族都不缺乏这种智慧,异曲同工的中国臭豆腐和西方臭乳酪就足以说明食、饮是人类特有的、共通的文化。

中华文化不主张依靠掠夺来发展和繁衍,所以就把生存的智慧运用到了极致。

以中华饮食的代表和明星"豆子"为例——新鲜豆子煮着吃;干豆做豆浆、磨豆腐、榨豆油;豆浆浓了做豆皮,豆皮多了

做腐竹；豆浆稠了做豆花儿，豆浆坏了做豆汁儿；豆腐坏了做臭豆腐，豆腐发酵做腐乳；没有蔬菜做豆芽，想吃甜点做豆糕。这还不包括每个地区不同的烹饪方法——这不是智慧是什么！

西方大航海时期，规模两千人的船队能够返程的只有不到两百人，而真正死于海战或者意外事故的不过几人，其余人等都是因为身患败血症而丢了性命！而更早时期的郑和下西洋前后共七次，海员一次多达几万人，却都能够安然返回，这其中巨大的差异便是饮食。败血症？不存在的！船上从来不缺新鲜蔬菜的秘密就是豆子！豆芽不就是现成的蔬菜嘛！且不需要土壤不需要耕种！

不仅是智慧！

饮食的多样性不仅反映了中国地理环境的复杂和差异，也反映了中国在各个历史时期的社会文明程度，毋庸置疑，饮食的精细程度说明了社会分工的精细程度和物质富足的程度——盛世有珍馐，中华饮食又何止于三牲五鼎、八珍玉食。

食物是宇宙之神赐予人类和万物生灵的爱与慈悲，能够享受食物、阳光和水就是接受与感恩，无论是盛宴还是一杯茶一盅汤，都是如此的美好！

回到家里，克里斯汀也在，赛可自告奋勇做晚饭，"我不大

擅长做饭，但是很想让你们尝尝我做的中餐！"

她绞尽一番脑汁，琢磨着如何能用这有限的食材让罗斯和克里斯汀吃得习惯——还是走意大利的饮食风格吧！西方人都喜欢意餐。记得罗斯说上海的煎饺至今难忘，赛可煎饺子又很有心得，就用它做主食主菜！汤呢？赛可看看眼前的几种火锅底料，西红柿底料做成汤吧！跟意大利的汤很相似呢！

按照西餐的思路做饭，好像简单多了，赛可忐忑的心情总算放松了下来。

她拿出平底锅浇上一层薄油，把速冻水饺整齐码放了满满一锅，打开炉灶，大火烧热了锅底，拿开水沿着锅边淋上一圈，到半掩着饺子的高度，盖上锅盖转中火，等到锅内沸水的声音渐消，油煎的声音渐起，转小火，煎到锅内没有了水，香气溢出，油煎的声响细密的时候，就可以关火了。此时的水饺个个鼓着小肚子，里面也一定是熟透了的，端上桌子，掀开锅盖的一瞬间，满满一锅鼓胀的小肚子倏忽一下子就收了回去，煞是可爱。如果把煎饺倒扣在盘子里，金灿的饺皮就更加诱人。咬上一口，烫嘴的汤汁和肉馅和着一半柔软一半焦香的饺皮，满足感油然升起。

煎饺子的同时，汤锅里放上一袋西红柿火锅底料，加水煮开，放入牛肉牛筋丸，煮到肉丸膨胀漂起，鲜美的西红柿牛肉丸

汤便也大功告成。每个白瓷汤盘里放入几个肉丸装满浓汤,引人馋涎。

不出意料,罗斯和克里斯汀赞不绝口,赛可无法解释饺子应该是自己包的,西红柿汤应该是自己熬的,但是,有什么关系呢?他们的称赞已经令赛可十分开心了。

13

清晨，赛可给罗斯做了中式早餐，米酒鸡蛋。为了让罗斯吃得不那么意外，赛可还烤了两种口味的简易迷你披萨。一种是在土司上抹一层沙拉酱和番茄酱，切几片烤肠摆上去，再撒一些莫苏里拉芝士条；另一种摆上香蕉片，同样撒上芝士，放入烤箱烤上十几分钟，等到芝士融化上色即可取出。酥香的土司上面软软的馅料，咬一口下去芝士也有长长的拉丝，幸福弥漫。

"赛可，你不用总是做饭，应该是我和克里斯汀做给你的。"罗斯惊讶地说。

"我还煲了冰糖银耳汤。"赛可介绍道，"中国的甜品，吃了会变漂亮！"她神秘地笑笑。

赛可在晶莹剔透的汤里放入自己在超市买的蓝莓还有鲜红娇嫩的树莓。

"中国人都喝这个汤？"罗斯问。

"是的，中国女人。"赛可说。

"我曾经问中国的女性，为什么她们看起来不会老，她们总是说'我自己也不知道'，"罗斯不满地说，"都不肯告诉我原因。"

"和饮食有关系，中国女性很注意养生的。"赛可说。

"比如？"罗斯问。

"饮食中有很多谷物和蔬菜。"赛可说。

"还有银耳汤。"罗斯说。

赛可咯咯地笑，"是的！你以后自己也煮着喝。"

罗斯琢磨着碗中的银耳。

"这个属于什么食物呢？蔬菜吗？"她问。

"不不，这是菌类，就像蘑菇。"赛可说。

克里斯汀从餐厅后门进来了，径直去了楼上卫生间洗漱。下来的时候，赛可已经把一碗蓝莓银耳汤放在了餐桌上。

"你尝一尝，赛可做的早餐。"罗斯跟克里斯汀说。

克里斯汀像看一件稀罕物，盯着碗愣了片刻。

"这是什么？"他一边坐下拿起勺子一边问。

"蔬菜。"罗斯回答。

"菌类。"与此同时，赛可脱口而出。

"就像木耳！"赛可进一步解释，"这个是白色的木耳。"

克里斯汀刚刚吃了两勺,听到这里似乎是瞪大了眼睛吞下了口中的汤羹。趁着赛可转身泡茶的时候,他迅速把碗中剩下的汤倒给了罗斯。

门铃声响,罗斯起身开门,是快递员。

"哦!我的派对服饰到了。"罗斯盯着手中的包裹走进餐厅,自言自语地大声说道。

她迫不及待地拆开纸盒,是一顶羽毛头饰。

"喔哦!"赛可饶有兴趣地在一旁围观。

罗斯把头饰戴上,"我是印第安人!效果怎么样?"她问。

"鲜艳,很适合你,化妆舞会吗?"赛可说。

"不算是,派对的主题是赌场,你知道拉斯维加斯?"罗斯问。

赛可点点头。

"所以我要带上亚历山大,也会带上赌桌和玩牌的工具,亚历山大在赌场工作过。"罗斯说。

"喔!"赛可瞪大了眼睛。

"是的,他在利兹赌场工作过,收入很不错。亚历山大很会跟客人聊天,大方的客人会给很多小费,亚历山大会跟其他同事平分这些钱。"罗斯说。

"规定吗?"赛可问。

"算是。当然，其他同事的小费也一样会平分，但是亚历山大总是最多的那个，一直都是。"罗斯说。

下午时分，亚历山大终于露面了。他和罗斯把牌桌找出来摊开，罗斯把一大箱五颜六色的筹码拿去清洗，亚历山大用扑克牌给赛可表演起了切牌的技术。

"赛可，你会玩牌吗？"亚历山大问。

"会！不仅会，我还很擅长。"赛可半开玩笑地说。

"哦？我们俩比试一下？"亚历山大说。

"二十一点，或者，十三点。"赛可说。

"哇哦！"亚历山大充满了惊奇。

"我很有耐心和策略哦！"赛可哈哈说道。

男人就是赌性大，因此在这种事情上根本没有优势——赛可总这么认为，因此她自信满满。

不过跟亚历山大玩得似乎不太有感觉，几局下来两人平手。

罗斯收拾停当，亚历山大换上西裤衬衫领结，穿上乌黑铮亮的皮鞋，帅气十足。

此时赛可已经支起了火锅，惊喜的是，这还是个鸳鸯锅。赛可在一边煮上菌汤，在另一边煮上麻辣牛油汤底，香飘满屋。

亚历山大楼上楼下的走来走去,又一次走过赛可身边的时候她把盛满了香肠和牛肉丸的小碗递了过去,亚历山大端碗站着,马上吃了起来。

谁能抵挡得住川府美食的谜之香气呢?几十种香料制作而成的火锅汤料,不仅仅是色香俱全的美味,同时还具有开胃醒窍、除湿健脾、加速血液循环和新陈代谢的功效。如果体质干燥,那助湿润燥的麻油蒜泥就是必需的蘸料;鸭血蘸干碟辣椒面,海鲜蘸鱼露,牛肉蘸生抽小米椒,羊肉蘸芝麻腐乳韭花酱,各种汤料和蘸料因食材、因人而异,千变万化都离不开"美味"二字。

已经是傍晚时分,罗斯和亚历山大准备好了,便离家驱车前往利物浦。临行前,罗斯还把波罗喂得饱饱的。

赛可一个人面对着丰盛的火锅,有滋有味地吃了顿晚饭。菌菇汤底并没有用来涮菜,她边吃辣锅边喝汤。

吃饱喝足之后,赛可才发现不知何时开始下起了雨。她泡了杯红茶坐在餐厅门口欣赏院落的景致。和餐厅相连的是七八平米的木质地台,两边摆放着几大盆花,一个木质花箱里种着黄绿相间的竹子,看起来已经很久没有打理了,与几盆鲜花对比显得无精打采。两旁的盆栽有玫瑰色鲜艳的绣球,还有一大盆亭亭玉立的紫色的薰衣草,这盆薰衣草和挂在栅栏上的几盆香草是罗斯和

赛可在植物园吃完下午茶之后,在园内的商店里挑选的。

自从赛可来到这里,家中总是摆满了她买的鲜花——门厅、餐厅、卧室。罗斯似乎感受到了这份生机,便和赛可在植物园买了花盆、鲜花和营养种植土,两人还专门驱车到郊外的花市买了爬墙茉莉,栽种在木质地台一侧的墙边。

地台往前是一块小小的草坪,只够波罗玩耍的地方。再往前是铺满岩石的地面,那里放着一个废弃的鸟笼形状的蓝色铁艺吊椅,旁边还有一盆半死不活的竹子和一个烧树枝的火盆。靠墙一圈是花坛,里面长满了野生的花草和攀缘植物。

眼前的花花草草在小雨中显得比平时精神了许多,赛可有些发呆了;后来又想着罗斯的派对会不会受到这场雨的影响……

天色渐渐暗了下来,阴冷的风袭来,赛可关上玻璃推拉门。她想早早上楼,坐在暖暖的被窝里刷手机新闻。走过客厅房间时扭头看到波罗正在沙发上呼呼大睡,赛可知道罗斯平时是不允许波罗上沙发的,于是站在门口轻声呼唤它的名字。

"波罗,下来!"赛可轻呼。

波罗丝毫不为所动。

"波罗,波罗……"

大门突然打开,克里斯汀和赛可相对而视。

意外之下,赛可指指起居室,"波罗在沙发上,不肯下来。"她说。

"我很抱歉!"克里斯汀低下眼睛,"把你和波罗单独留在家里。"

赛可心头一热,"你吃饭了吗?我做了火锅,你尝尝?"她问。

"好的,谢谢。"克里斯汀说。

赛可返回餐厅,插上炉灶上的电火锅的插销,打开油烟机,取出冰箱里的食材,一会儿工夫便拼出两盘菜来。看着克里斯汀坐上高脚凳,赛可便回到楼上房间了。估摸着克里斯汀差不多要吃完的时候,赛可下楼准备收拾碗筷。

"赛可,我一会儿去遛波罗,就在周边散步,你想一起吗?"克里斯汀看见赛可就问。

"好的。"赛可回答。

赛可上楼套了件两天前在维多利亚商场买的 Harbor 黑色薄羽绒外套,下楼时克里斯汀牵着波罗已经等在门口。看到赛可下来,波罗兴奋地要往外冲,被克里斯汀牢牢地拉住。

"坐下!"克里斯汀喝道。

波罗听到指令,按捺住性子乖乖地坐下。

克里斯汀把门打开让赛可先行,等赛可站在门外,克里斯汀

才和波罗一起踏出门槛。

天空中飘着毛毛细雨，天色已经完全黑了下来，路灯散发着微弱的光，在街边孤零零地立着。

赛可缓步跟在克里斯汀和波罗身后，眼前的克里斯汀穿着黑色的棉服外套，黑色牛仔裤和黑色短靴，脚步轻盈，走起路来悄无声息。他身姿挺拔，甚至有些优雅，连他那英式发髻竟也好看起来了。

一路上默默地走，波罗似乎也不想扰了这份宁静，只是边走边嗅，并不淘气。走到这条坡路一半的时候，克里斯汀停了下来，转过身对赛可说："我喜欢这房子。"赛可抬头看，这是一座岩石垒砌的房屋，和周围的房子比起来很醒目，自带庄严的感觉。

坡路一直向上，到了尽头是丁字路口，左拐，道路平坦宽阔了许多，路灯也显得更精神，两边的房子离路边更远，也使得路两边更加黑暗。

克里斯汀弯腰用袋子拾起波罗的屎粑粑，向路边一处丛林里走去，赛可想着心事，只是跟着走，走进去才发现这里不仅黑黢黢一片，还深一脚浅一脚，令人生出一点探险的未知感。正疑惑着，克里斯汀已经折返，走出这片小小的丛林，回到路灯下，克

里斯汀才解释说，那里有垃圾桶，他扔了波罗的粪便。

毛毛细雨一直在下，似有若无，将路边的景物映照出湿润的光泽。路上连一辆车都没有，只有两个人和一条狗的身影。

再一次左拐，路盲如赛可也知道会是下坡的道路，她正围着一个方形的街区游走。

最后一条道路再左拐上去，经过两座房子就到家了。

"克里斯汀！"赛可在克里斯汀身后说，"谢谢你！"

克里斯汀转过身，"为了什么？"他问。

"谢谢你为我打扫房间！"赛可说。

克里斯汀犹疑地看着赛可。

"我知道，我不在的时候你为我打扫了房间。"赛可说。

克里斯汀低着头开心地笑了一下。

他笑得很好看。

回到家门口，克里斯汀打开屋门，牵着波罗站在门口，等待赛可进门后才带着波罗走进去，然后跟在赛可身后径直走入餐厅。外面阴湿寒冷，此时太需要一杯热茶了。

泡好了茶，赛可端着茶杯准备上楼，走了两步回过身来，想要对克里斯汀道声晚安，却发现克里斯汀正注视着自己，眼睛里

又闪现出跟惠特比酒馆里一模一样的光亮。雨中归来的赛可,身上新买的金色拉链的黑色薄羽绒服已经被雨打湿,黑色长发上挂满了细密的水珠,有一些凌乱和卷曲,润泽的脸庞忽闪着湿润的睫毛,整个人在温暖的灯光下笼罩着一层淡淡的光晕。克里斯汀就这样看着她,不说一句话,回过神来的赛可轻轻地道了声:"晚安!"

赛可被叮叮咣咣的声音吵醒,听得出来是餐厅里锅碗瓢盆的声音。克里斯汀又在摆弄宵夜了?她在内心表示怀疑。半晌,楼下的动静都没有休止的意思,赛可翻来覆去难以再次入睡,越来越觉得口渴,心想应该是晚餐吃了火锅的缘故,便起床开灯,拿了水杯下楼。

开门声响,楼下顿时安静了下来,赛可慢慢地走下楼梯。

太安静了!

客厅的门虚掩着,留了一个人形宽度的门缝。赛可隐约觉得里面有人,似乎隔着门都能感受到里面的人此刻正屏着呼吸。她走过客厅门,来到餐厅。拿起热水壶接了半壶水,把水壶放在底座上按下开关,水壶里逐渐传出细微的滋滋声。赛可环顾四周,灶台上摆放着晚餐吃剩下的火锅,一如她临睡前的状态,餐桌上

没有新添的餐具和刚刚吃过东西的迹象。只有灶台和餐桌之间的中岛上摆了几个大小不一的漂亮盒子，盒盖都是打开的，赛可好奇地走近打量，一个盒子里面是九宫格的各式中国茶包，茶包上印着精美的中国古典元素的图案；另一个小盒子里面摆着一支青花瓷的钢笔，还有一个是精致小巧的瓷杯。

它们突然出现在这所房子里，显得别致而又醒目，令赛可既熟悉又有一些些的陌生，似乎她所在的那个熟悉的国度已经是非常久远的事了。

她呆望片刻，然后去倒了半杯白开水。

波罗在墙角的安乐窝里呼呼大睡。

路过客厅的时候赛可略微停顿了一下脚步，她想说"晚安"，最终却什么都没说，轻轻地上了楼。

14

　　整整一个上午克里斯汀都没有出现,也许他昨夜睡得太晚了。

　　赛可继续吃她的火锅——作为早午餐。曾经她有一个奇怪的心愿:一大早独自吃火锅!那一定是别样的感觉——丰盛的宁静!却不曾想,如此"中式"的想法竟然是在异国他乡实现的。有时候,愿望与现实的相遇就是这么地不经意,不经意到你根本不会有什么感觉,甚至都没有一丝察觉。也许美好的只是愿望本身,与实不实现它并无太大关系。

　　赛可有些沮丧,清晨在浴室的时候,她反复看着镜中的自己,发现头发深处又长了一根白发。

　　整整一个上午,赛可在郁郁寡欢中度过。吃饭、整理、看手机上的新闻、看天空,再看一遍新闻、看天空……连波罗都不在,它跟着克里斯汀在房车里睡觉呢吧!

中午略过，罗斯回来了，带着刚刚从超市里买回来的简餐。

"饿了吧？我弄点简单的小东西吃。"罗斯说。

"不，我不饿。你回来得真早啊！"赛可说。

"哦！昨晚，很糟糕。我们的派对在室外举办的，没多久就下雨了。"罗斯撕开包装袋把什锦沙拉倒入碗中，"我们只好转移到帐篷里，但是已经没有了先前的氛围，十一点多我就回酒店睡觉了。"

"亚历山大呢？"赛可问。

"天快亮的时候他才回到酒店，"罗斯拿出叉子边吃边说，很饿的样子，"我刚刚把他送到了亚历山德拉的住处。你确定不吃点东西吗？"

赛可摇摇头，"我很好奇你的造型。"

"哦，对了，我拍了照片。"罗斯把手机打开，找出照片递给赛可。

照片上的罗斯穿着大花朵图案的低胸裙装，头戴那顶网上购买的羽毛头饰，画着大烟熏眼妆，一派热带拉美风情。

"哇哦！热辣！"赛可笑道。

"这里，这张是我好朋友的女儿，莉莉。"罗斯凑过来划动着手机相册说。

"真可爱。"赛可说。

"这一张！这是她男朋友。"罗斯介绍着。

"这么高！？"赛可有些惊讶，这大概是她现实中见过的最大身高比了。照片中男生又高又瘦，女孩的身高只到她胸前的位置；白皙丰腴的女孩穿着白色银边的公主超短纱裙，金色的披肩长发上戴着白色羽毛发箍；她抬起一条腿，伸出胳膊开心地和男友比了一个大大的爱心。

"嗯哼。"罗斯若有所思，"对了，给你看看她小时候的照片……这里！"她把手机伸到赛可面前。

只见一个洋娃娃一样的金发小女孩扮着鬼脸，对着镜头几乎吐出整个舌头。

"太可爱了。"赛可由衷地说道。

"是的，我很爱她，非常爱她，克里斯汀也很爱她，"罗斯缓缓道来，"他和亚历山大都把她当做自己的妹妹。实际上，亚历山大和她同岁。小时候，有一天克里斯汀在大街上看到莉莉和男生在一起，就打电话给我，生气地质问我，为什么我的好朋友不管管她的女儿。那时莉莉才刚上初中，克里斯汀怕她跟着不好的男孩子学坏。"

"他真的很爱她。"赛可点着头说。

"是的。打电话的时候，他就像个成年人，很严肃。"罗斯不禁微笑。

"他们要是能在一起，那多完美！"赛可说。

"他们从小一起长大，他只是把她当妹妹。"罗斯划动了一下手机屏幕，"看，这张照片，认识这个地方吗？"她问。

"唐宁街 10 号！"赛可脱口而出。

照片上，年轻的罗斯和两个少年站在首相府内院的门口，年长的少年看上去十一二岁的模样，浓密的浅褐色卷发遮住额头，笑容腼腆，那是克里斯汀！年龄偏小的就是亚历山大无疑了，只是现在的他已经没有当年的模样。

"那是圣诞节，克里斯汀受到首相府邀请，参加了一个活动。"罗斯缓缓说道，"实际上，那是一场为见义勇为的人士举办的表彰会！救助克里斯的男士也受邀其中。"

"救了克里斯汀？！"赛可惊叹。

"车祸发生以后，我和克里斯被夹在车里不能动弹。"罗斯面无表情，"当时那位男士开车路过，就下车把我从车里解救出来，并把克里斯从车里抱出来，送到了医院。"

赛可不语，空气中似乎能听到自己的呼吸声。

"如果不是这位男士，克里斯恐怕已经没命了。"罗斯说。

克里斯汀这时从与庭院相连的厨房后门走了进来。他穿着黑色镶金龙的宽大睡袍,睡眼惺忪,他把脸庞微微压低急匆匆地上了楼。

"赛可,我需要休息一会儿,昨天晚上没有睡好,今天很累。"罗斯说。

"快去吧!"赛可说。

一个宁静的下午,赛可和罗斯都在自己的房间睡觉。

英国的朋友打电话过来询问赛可的生活情况。

"我很好,和罗斯一家相处得很愉快。"赛可说。

"只是,我的女儿,她似乎忘记了自己还有个妈妈。"赛可又说,言语中透着担心和无奈,"她从不主动给我打电话,都是我每天临睡觉前打给她。就这样,每次她还说很忙,急着挂电话。"说到这里,她开始在内心里感到一丝抓狂。

朋友在电话那头竟然笑了起来,"那我就放心了。"他略微一停顿,"这说明她现在很好,很适应夏校的生活。"

"但是,她不知道我很担心她吗?"赛可感到了失落。

"听我说,如果她天天急着联系你,那才应该感到担心。你的焦虑不是特例,多数家长都有和你一样的感受。我只能说,她

的情况很好，她的适应能力也很强。学校有丰富多彩的主题活动，会给学生安排很多有趣的任务。"朋友耐心地开导，"你也知道，只有晚上一个小时的时间老师会让她们用手机，确实很忙。"

赛可松了口气，"都这样吗？"

"孩子跟老师同学相处得很好，才不会想家想妈妈，你想想，是不是这样？"朋友说。

是的，赛可见过了老师和女儿同宿舍的两个女孩。老师们非常和善，举止言行流露出很好的修养；同宿舍的女孩也都落落大方，礼貌热情。想到这里，赛可长长地叹了口气。

"谢谢你，我感觉好多了。"赛可笑了起来。

"有事情联系我。"朋友说。

"别担心，我很好。"赛可说。

"嗯！我知道罗斯会对你很好，她是我的朋友。"朋友最后说道。

放下电话，赛可靠在床头看着白色落地纱帘一点一点被阳光染色，温暖和煦。正发呆，窗外传来克里斯汀说话的声音，他和几个朋友大声聊着什么，有说有笑，衬托着街道的空旷与寂静。克里斯汀的笑声很有特点，跟他的年龄很不般配，像是一个性格深沉又粗犷的中年人。

"再见！"窗外，一个女孩欢快地说。

"回头见！"克里斯汀用略微沙哑的嗓音老练地回应。

听到了罗斯的动静，赛可也起身跟着下楼。相互问候了睡眠情况，两人喝起了咖啡。

"我晚上出去吃饭，之后参加一个派对。"克里斯汀走进来跟罗斯说道。

"好的。"罗斯抬起头，用审视的目光看着他。

"赛可，我可以去房间拿我的衣服吗？"克里斯汀问。

"当然。"赛可说。

克里斯汀转身上楼，不一会儿便穿着一件鲜亮的蓝色衬衫出现在她们面前，征求了罗斯的意见之后，上楼换了一件条纹衬衫，然后是一件黑色衬衫，然后又换回蓝色衬衫。

"这件蓝色很适合你。"赛可终于开口，她一直在默默地旁观。纯净的蓝色，就像地中海的天空，很适合克里斯汀浅褐色的头发和白皙纯净的皮肤。

"我也这样认为。"克里斯汀说着又转身上楼。

"他总是这样！"罗斯无奈地摇摇头，"每当这个时候，他都要试很多遍衣服，要试很久。"

克里斯汀再次下楼的时候，还是穿着那件蓝色衬衫。

他穿着蓝色衬衫去参加派对了。

天色近黄昏,罗斯和赛可驱车前往附近的温泉小镇哈罗盖特(Harrogate)吃晚餐。

傍晚的小镇格外宁静,灰色的云层阴沉厚重,越发凸显小镇建筑的古老凝重。罗斯把车停在一个草坪广场的路边,两人顶着微风细雨穿过街口,向一座老式建筑走去。

街边的落地窗内坐着一对老年夫妇,他们相对而坐正在用餐。盛装打扮的老奶奶顿时吸引了赛可的目光,"她是和英国女王一个时代的人吧!"赛可心想,"你无法不被如此的优雅和体面所吸引。"

老妇人戴着考究的宽檐礼帽,身着色彩柔美亮丽的套装,涂着鲜艳的口红;相比之下,对面的老年绅士衣着有些老旧,虽然低调,但是浅棕色西装外套款式简洁、面料考究。

赛可的眼睛恋恋不舍地移开,不忍用目光打扰他们,只在心中留下长长的赞叹。

跟着罗斯走进一家餐厅,赛可惊喜地发现是她钟爱的"贝蒂"。这个小镇的贝蒂明显比其他门店的装潢气派和精致,这里不只是茶屋,这是一家正式的餐厅;而罗斯,简直是在补偿她!

侍者带领她们步入下沉式餐厅，"这里离钢琴演奏更加接近！"侍者微笑着说道。

赛可靠墙坐下，从这里可以看到整个餐厅，她喜欢这样的位置。对面的罗斯一边看菜单，一边询问赛可吃点什么。

"无所谓，"赛可回答，"跟你一样吧！你可以直接点两份。"

罗斯像是没听到一样，继续追问，赛可看看菜单的价格，只点了一份沙拉。

"我一点不饿！"赛可微笑着跟侍者说，"但是，我要去买一些蛋糕和巧克力。"说着，她便站起来离开了座位，穿越大厅直奔台阶而上，到了门厅左拐便是茶点售卖陈列厅，整面陈列墙用原木打造，显得端庄厚重，两个金发小姐姐穿着洁白的制服和围裙，语调轻柔又小心翼翼。赛可照例买了两大袋茶点，还特意给罗斯挑了一大盒早餐茶。

"我喜欢这里。"赛可一坐下来就对罗斯说，"我又买了巧克力。"

这顿晚餐，罗斯的胃口看起来相当不错。

吃过饭，天色尚早，罗斯和赛可从餐厅出门右拐，沿着这条路走过几家门店，然后步入一家酒吧。进门左手处两个歌手正在弹唱，歌手的对面是吧台，对着吧台和大门口的地方是通往二楼

的楼梯，楼梯口站着几个身材健壮的中年男人有说有笑，气氛相当热烈。

赛可环视一周后，在酒吧正中心面对歌手的位置坐下，罗斯略微迟疑了片刻，似乎想说些什么，看着愉快坦然的赛可，便也跟着坐了下来。

"喝点什么？"罗斯坐定后问赛可。

"红酒，谢谢。"赛可说。

罗斯去吧台拿了两杯红酒过来，没有再坐下。

"赛可，我出去一下，马上回来。"罗斯说。

赛可端起酒杯，开始细细打量台上的歌手，不由地吃了一惊。这是一男一女的两人组合，只见男人正在弹奏吉他的竟然是一只机械手臂！他右边的小手臂截肢了！男人大概50多岁的样子，淡淡的络腮胡，身材强壮，他一边用那只机械手扫荡琴弦，一边唱着欢快的民谣。

"哦，他长得很像老牌影星乔治·克鲁尼呢！他曾经是军人吗？战场上受的伤？或者仅仅是一次事故？"赛可借着听歌，仔细打量着他。机械手臂由多个金属模块拼接，闪着冷冷的光泽，和他那极富魅力的热情笑容形成对比。简直是完美！似乎它从来都是他身体的一部分。赛可突然意识到，有生以来第一次，她没

有对残疾人士心生怜悯或同情！有的只是震撼与欣赏！

继而，她想到了两天前打电话的时候，女儿所说的话，"为什么英国有这么多的残疾人？"她问。

"为什么？"赛可问。

"不是因为英国的残疾人多，而是因为他们都不躲在家里。"女儿说，"他们为什么不呆在家里？"

"是啊，为什么？"此时的赛可看着眼前的歌手，重新思索着……

"女士们、先生们，请允许我们代表镇上的公益组织募捐，帮助那些需要帮助的人，请慷慨解囊吧！"女歌手在歌曲间奏的时候热情洋溢地号召。女人瘦削干练，30多岁的模样，棕褐色齐耳短发，身着牛仔裤和短袖T恤，手里摇着沙铃，看起来开朗活泼。她的嗓音略微沙哑，歌声中透着一丝慵懒的性感。这对组合看上去并不十分搭配，但是他们的合作却是十分的融洽。

酒吧服务员端着募集箱从客人面前一一经过，来到赛可面前的时候，她把已经准备好的纸币轻轻放了进去，内心庆幸着"还好外套口袋里有现金"。习惯了手机支付的赛可在国内已经很久不随身携带现钞了。

罗斯回来了,坐下和赛可碰杯,时而聊上几句。酒吧的气氛越来越欢快,新来的客人只能去往二楼,楼梯口那群愉快的人还在聊天。

赛可的目光越过歌手身后的落地玻璃墙,街道对面是一幅巨大的草坪"地毯",空无一人,青翠洁净。眼前的画面令人有些恍惚——这不是草坪,是挂在空中的一幅无声的风景画。

15

又是新的一天。

早午餐的时候罗斯和赛可商量着今天去到哪里参观游览。

"喜欢庄园吗？"罗斯问。

"当然，英国的百年庄园多么有名！"赛可说。

就这么决定了，罗斯决定带赛可去参观哈尔伍德（Harewood）庄园。

这个庄园比赛可想象中的壮观许多，在路上的时候罗斯就跟她介绍，"庄园外面，周边的这些农庄都是哈尔伍德庄园的土地，农户的土地都是租种的。"

庄园里面是不种植农作物的，里面的土地全部用来铺上了草坪；除了城堡远处的人工湖泊的周围有一些树木，视野所及之处，便都是草地。庄园建筑是乔治风格，已有300多年的历史了，几经易主，如今是现任女王伊丽莎白的表哥哈尔伍德伯爵的

官邸。

伯爵家里的艺术藏品着实让人惊叹，或猩红锦缎或金碧辉煌的墙壁上密密麻麻挂满了古典油画，粉青的屋顶满满当当装饰了白色的浮雕、彩绘和描金装饰图案，脚下则铺满了订制的奢华地毯。一楼有一间卧室还专门为皇室保留，书房的书桌上有伯爵一家人和威廉凯特夫妇的合照。但是，这一切都比不上一个人名令赛可感到兴奋——奇彭代尔（Chippendale）。

赛可在参观了很多房间之后才留意到几个简介牌，上面清楚地写着这座庄园的家具均由托马斯·奇彭代尔设计和制造。难怪这里的很多橱柜、书桌都有似曾相识的感觉，更别说有一个房间完全就是中式元素堆砌出来的——清代生活风貌的粉彩壁纸贴满了全屋、翠鸟绿底松树假山装饰图案的橱柜、乾隆帝钟爱的花团锦簇的大件瓷器……

这真是太意外了，一个大大的惊喜！

赛可知道奇彭代尔这个大名鼎鼎的名字还得从她参观纽约大都会博物馆说起。这个世界四大博物馆之一的大都会博物馆藏有埃及、巴比伦、亚述、远东和近东、希腊和罗马、欧洲、非洲、美洲前哥伦布时期和新几内亚等各地近5000年来的各种文物和艺术珍品，就连2400多年前的埃及古神庙都被整体迁置在馆内。

其中有一处中国庭院，专门请来中国工匠仿照苏州园林而建，所有的石材木料也均从中国运来，占地460平米，名为"明轩"，令人意想不到的是，里面展出的竟然全都是家具！明式家具！赛可不明就里，这在许多人家都有的、扔都来不及的、造型简单的家具为什么会有如此之高的地位和文物价值呢？

几经查阅资料，她这才了解到，明式家具作为现代时尚家具的鼻祖，早在四百年前就是一种国际时尚，一度影响和发展了西方各种家具形式，成为西方家具界膜拜的典范。西方收藏和研究中国古典家具已有数百年，在美国的纽约、费城、法国巴黎、英国伦敦，各大博物馆都收藏了大量的明式家具，"明式"一词即意味着国际收藏界、家具界公认的"无法超越的巅峰"。

十八世纪法国宫廷对"中国风"的钟爱，使得"明风"在全欧洲范围内流行。在法国，以"明式"结合本土文化，诞生了"洛可可"式家具；在英国，家具大师——"欧洲家具之父"托马斯·奇彭代尔则写了一本书——《绅士与家具指南》（现珍藏于伦敦博物馆），书中指出："在世界范围内，可以以'式'相称的家具类型仅有三类，即：明式、哥特式和洛可可式（路易十五式）；其中，中国的明式位居首位。"

奇彭代尔以明式家具为蓝本，糅合了洛可可和哥特式风格，

为英国皇宫打造了一套宫廷家具（chinoiserie），轰动整个欧洲。从那时起，中国明式家具与从14世纪传入欧洲的中国瓷器一样，在国际市场上拥有了极高的地位。一直到近代，明式还是现代家具设计运动中的一个重要流派，名曰"中国主义（Chineseism）"。北欧风格更是照着明式抄作业，除了材质更换成了塑料金属等现代材质，款式竟是一模一样的。所谓的创新，或把明式的椅子腿削低，或者加高；譬如太师椅之于北欧椅，譬如花凳之于吧台凳。纵然过去了几百年，西方现代家具在设计中依然照搬中国明式家具元素，不过是换个名称，曰现代风格，曰极简主义。

明式审美之所以独树一帜，在国际上拥有如此的崇高地位，主要是因为明朝中后期，文人士大夫仕途受阻，因此转而积极地参与生活方式的经营；有了文人的参与，就注定会赋予家居诗情画意的意境和表现力。文人将自己的古雅之气通过家具这个载体予以表达和体现，正是明式家具与历代家具之不同的关键所在。明代家具不仅具有极高的美学价值，更有一股扑面而来的简约优雅的书卷气。

更加没有想到的是，不期而遇，自己竟然置身于18世纪设计大师一手打造的庄园。这项装修工程耗时30年，是全英国在那个时代最顶级最奢侈的乡村豪宅，中西方文化在这里汇聚交

融，即使期间经历了改动，也依然是现代人观赏大师辉煌的设计和作品的最佳地点。

品味历史和艺术，比任何美馔佳酿都更加有滋有味，更能给人满足感。

当然，饿了的时候，还是要去吃东西。罗斯和赛可来到室外的大露台，在遮阳伞下落座，点了红茶和司康，看着远处的风景。没多大一会儿，面前的餐盘和蜂蜜罐就趴上了来来往往的小蜜蜂，它们似乎也很享受此刻的时光。赛可饶有兴致地观察着它们，生怕惊扰了这些美丽的小东西。

庄园的经营很不错，除了露台下午茶，地下一层还有一间商店，售卖当地的工艺品，赛可看上了一件猩红的厚毛呢外套，类似制服的裁剪，穿在身上气场立马提升好几个层级，罗斯和售货员都不禁夸赞。售货员是一位年轻女孩，白皙的皮肤，扎着浅褐色马尾，说话声音很小。赛可和她说话的时候，会刻意温柔地看着她的眼睛，避免将目光停留在她小小的兔唇上。

"这件外套太贵了，但是你穿上很好看。"罗斯反复地说道。

赛可也这么认为，这件外套就像是为她量身定做一般。

没有什么场合适合这件外套，赛可还是买下了。也许为了给这座庄园留个纪念，也许为了那个女孩，她自己也说不清楚。

从商店出来之后，罗斯和赛可参观了地下一层仆人们的生活和工作区域：备菜区，厨房，器具室，捣药室，农具室等，其规模令人不难想象这里昔日的繁忙与喧闹；赛可甚至脑补了英剧《唐顿庄园》里的场景画面。

之后两人来到户外，漫步于草场。

远处的湖泊附近有圈养小动物的场地，还有一个专供室外用餐的院落，下午时段提供啤酒和冷饮。院落入口处同样有个小商店，里面出售户外用品和农产品。罗斯兴致勃勃地挑了几盆花草，几番犹豫，放下花草转而购买了赛可没有见过的一种蔬菜，像是根茎类，又有点像卷心菜。两人各有所获，这才开开心心地离开。

晚上罗斯要请客人来家里吃饭，每当这个时候她都要去超市采购，而赛可总会买上许多鲜花，回到家里就把所有的鲜花更换一遍。

客人是罗斯的同事，名叫凯蒂，在学校负责指导毕业生择校、选择专业等工作。晚餐后照例去客厅喝红酒，赛可把冰箱里贝蒂家买的黑巧克力薄片取出来给大家搭配红酒，喝完一杯就告辞上楼了。

在卧室里，赛可再一次试穿了新买的衣服，她之前从来没有买过这样浓烈的红色衣裳。她站在镜子前看着笔挺的自己，然后慢慢在房间里走了一圈。

她住着的房间总是极为整洁，但是，克里斯汀还是给她擦了桌子——赛可拿起放在梳妆桌左边的梳子，放在了桌子的右边。

16

今天克里斯汀起的很早,这很少见,大抵因为平日里他总是等罗斯她们出门以后才会起床。

他和她们一起吃早午餐,赛可和他聊起流行音乐,令她感到意外的是,克里斯汀的审美相当宽泛。

"看,"他打开手机中的MV,兴致勃勃地介绍,"这是美国的一支乐队,总是一副印第安人的打扮。"

"不错嘛!"赛可从未关注过这类乐队。画面上的印第安人穿着鲜艳的服装,头上戴着华丽的羽毛装饰,手里拿着摇铃或手鼓,围着篝火跳舞,就像是某种古老的祭祀仪式。

"你有喜欢的英国乐队吗?"罗斯问赛可。

"U2!我的最爱。"赛可说。

"哦,爱尔兰。"克里斯汀说。

"永远的U2。"赛可又说。

"你有熟悉的中国歌手吗？"赛可问克里斯汀。

"没有。"克里斯汀耸耸肩。

"给你推荐一位。"赛可打开手机视频插好耳机，递给克里斯汀。这是国内正当红的一位歌手在一家卫视的节目上演唱的歌——《孩子》。歌手一袭白衣，阳光素净，就像是漫画里走出来的人物。不仅赛可自己看了无数遍，许多外国的 UP 主做 LIVE 节目也纷纷转播点评这首歌，韩国、美国、德国，还有英国的一群女孩，听过这首歌的每个人都因为歌曲的旋律和歌手令人惊叹的歌唱能量而激动不已。他们听不懂歌词的内容，却无一不被震撼。赛可期待地看着克里斯汀的反应，相信他一定会被惊艳到。

而克里斯汀似乎感受到了赛可的急切和关注，从屏息凝视到慢慢地有些不自在，歌曲还没有听完就把手机还给了赛可。

赛可心有不甘，继续在手机里搜索，找出了两个美国人转播这首歌的 LIVE 视频，又递给克里斯汀。视频中其中一个男人在听完这首歌之后直接就泪崩了，另一个也深受震撼，两个美国人在听完之后久久不语，陷入长时间的沉默；过了一会儿才恢复状态，对歌曲进行点评。

"他们是美国人？"克里斯汀看了一会儿问道。

"是的，是歌手的粉丝，几乎转播了他所有的歌。"

克里斯汀点点头。

"我们昨天去了哈尔伍德。"罗斯突然对克里斯汀说。

"哦。"克里斯汀点点头。

"赛可买了件好看的外套。"罗斯说。

"哦。"克里斯汀犹豫了一下,又点点头。

"赛可,衣服你昨晚又试了吗?"罗斯问。

"是的。"赛可说。

"非常漂亮。"罗斯自言自语地说着。

"再拿给你们看看。"赛可说。

她起身上楼,把衣服拿下来撑开了给他们展示。

"哇哦!"克里斯汀惊叹着把眼睛睁大,"我也有一件和这个相似的。"

"真的吗?"赛可有些意外。

"是的。一样的颜色、面料,"罗斯停顿了一下,"和款式。"她一边说一边接过外套打量。

"哦,赛可,这里有一个洞!"罗斯抬头看着赛可。

"是吗?"赛可凑过去查看,"还真是!"她说。

那是个黄豆大小的孔,不是破损,标准的圆孔,就像打孔机打上去的那样。

"只有去换一件了。"罗斯说。

"好的。"赛可说。

"现在就去。"罗斯说。

赛可点点头,上楼去换衣服。从房间出来的时候,克里斯汀也从隔壁罗斯的房间走出来,手里拿着一件猩红色外套,撑开在赛可面前。

"哦!"赛可轻声惊叹。

这件衣服的款式的确很像自己那件,不同的是克里斯汀这件衣服的对襟镶着豪华的金丝线,略显夸张——他不会穿的!这是那种挂在衣橱里的衣服,时不时拿出来欣赏一番,满足一下自己的审美欲望和想象。

"很好看。"赛可说。

克里斯汀满足地冲她笑笑,转身回去把衣服又挂在了衣柜里。

在庄园门口,罗斯停车摇下赛可一侧的车窗,隔着赛可跟岗亭的工作人员打招呼。工作人员是一位健硕的中年女士,她热情地打招呼,得知情况后安慰她们不要着急,并特许她们把车开到内院。临了还冲赛可挤了挤眼,赛可在墨镜后面开心一笑,说拜拜。

赛可未能如愿调换一件新的外套,因为那是最后一件,预定

的话要一两个月的工期，只有遗憾地退了货。

就在车子即将行驶出庄园大门的时候，罗斯看到道路左侧有一条林荫小道，她犹豫了一下，把车开向了那片她从未踏足的隐蔽区域。

穿过林荫小路，眼前豁然开朗——一片不大的空地上矗立着一座形似教皇帽子的建筑，罗斯说这是庄园内设的教堂。

教堂正中的大道铺着红色地毯，两边是卡座式联排椅。色彩斑斓的彩色玻璃窗描述着圣经中的故事场景，两侧的墙壁附近摆满了整齐安放的石棺。汉白玉雕琢的石棺有半人之高，石棺四周雕满了装饰人物，有天使、有圣女、还有士兵，石棺上静静地躺着整块岩石雕刻的一对男女，女人双手交叉放在胸前，男人腰挎宝剑合掌置于胸前；各自脚踩不同的石兽，诸如狮子、猎狗，也有绵羊一类的家畜。在这些石棺中，立过战功的男性甚至头枕战盔或者敌人的头颅——被屠戮的敌人的游魂看了也会胆寒吧！

据说历代庄园主人去世之后都会就地葬于庄园内的教堂，身份越是尊贵其棺墓也会越高，其余家族成员则依次葬于教堂内的地下石棺。于是在教堂之内，家族成员一边祈祷着生的幸福，一边慰藉着先祖们死的安宁……

罗斯也饶有兴趣地参观，她来过几次庄园，但是从来没有留

意过这个地方。

回家的路上聊起了晚餐，赛可又一次提议由她来做饭，"我们还没有一起吃过火锅，交给我吧。"罗斯看她主意已定，便点头答应。

回到家里，赛可就着手准备，她上次在中国超市里买的东西太多了，冷冻室里塞满了火锅食材。时间还早，她把更多的功夫用在了摆盘拼盘这些事情上。罗斯似乎是在心里长出了口气，神态轻松，在一旁享受着这休闲时光。

"罗斯，把亚历山大也叫回来吧！"赛可说。

"他和亚历山德拉有事，随他们吧！"罗斯说。

克里斯汀牵着波罗出现在后院，他接上水管，对着波罗冲洒，波罗兴奋地像个孩子，又跑又跳张着嘴去咬水花。绽放的水花在阳光的照耀下晶莹闪亮，金橙色的水珠冲向天空。

把波罗冲洗干净，克里斯汀又和它一起玩泳圈。

"他会咬破泳圈的。"赛可站在餐厅门口说。

"没关系，网上买的，非常便宜。"克里斯汀一边和波罗嬉闹一边说。

"克里斯，我们一起把桌子搬到门口，在院子里吃饭吧。"罗斯说。

"好主意。"赛可说。

"好的。"克里斯汀没等罗斯过去帮忙就独自把户外墙边的一张圆桌搬到了餐厅门口的地台,接着他把椅子也都摆放好。

罗斯摆好锅,赛可端上菜,满满的一桌还真丰盛。克里斯汀已经品尝过一次,看得出他很喜欢。席间三人有说有笑,赛可还哄骗克里斯汀吃菌类做成的素肠,"里面是蔬菜!"赛可说。

克里斯汀将信将疑,咬了一口,又马上吐了出来。

"为什么?"赛可不解。

"他不喜欢菌类的口感。"罗斯说。

"我从小就不吃菌类,我吃得出来。"克里斯汀说,"我喜欢这个。"他夹起一块年糕,"这是什么做的?"

"大米。"赛可说。

克里斯汀满意地点头。他吃了很多的羊肉和牛肉丸,吃饱了于是三心二意地往返于院子另一头和餐桌之间,和波罗玩一会儿,又上到高处要往下跳。

"看我敢不敢,我要跳了。"克里斯汀说。

"你的腿!"罗斯说,"赛可,你看他要往下跳。"罗斯有些焦虑。

赛可扭头去看,克里斯汀做出准备往下跳的姿势。

"不要跳！别跳！"赛可边说边把头扭回去，拒绝观看。

"赛可说了，不要跳！"罗斯强调。

克里斯汀不再坚持，回到餐桌坐下。

"你给赛可看看你的腿。"罗斯说。

克里斯汀把一条腿向赛可伸过来。

赛可低头望去，在她面前，有一条又深又长的疤痕从克里斯汀内侧的小腿中间纵贯而下！

赛可被深深地震撼了……

"骨头上有钢架。"克里斯汀低头看着自己的腿。

赛可抬头，看着克里斯汀和罗斯。

"我全身都是钢架和补丁。"克里斯汀轻松地说。

"是的，除了胳膊。"罗斯说。

"疼吗？"赛可问。

"有时候会，已经习惯了。"克里斯汀说。

罗斯的手机响了，她没有像往常一样回避，而是一边打开手机视频一边示意赛可，"是杰夫。"

"我们在吃火锅！"罗斯似乎带着一丝炫耀，"赛可做的，克里斯汀也在。"

"嗨！"克里斯汀对着屏幕微笑打招呼，然后起身回到餐厅。

"你跟赛可说话吧！"罗斯把手机对着赛可。

"嗨！"赛可并没有心理准备。

"你好，赛可！你过得好吗？"杰夫还是那样地热情。

"你好！我过得很好，非常愉快！"赛可回过神来，开心地微笑着，"罗斯人非常好，带我去了很多地方。你呢？不回来看看罗斯吗？"

"我本打算回去的，临时要去迪拜出差。"杰夫说。

"好吧，罗斯会想你的。"赛可说着冲杰夫挥了挥手，"你们聊吧。"

罗斯把手机收回去，继续和杰夫聊着，赛可也起身走向餐厅。

刚进房间，克里斯汀就来到她面前，冲她伸出一只握着的拳头。

"仔细看好！"他轻轻地说着，然后慢慢地把拳头翻过来，手心向上，一点一点张开手指———一只苍蝇颤颤巍巍、略显疑惑地从克里斯汀的手心中飞了出来。

赛可不由地张大了嘴，"你是怎么捉的它？"

克里斯汀笑而不语，转身离开。片刻又来到赛可身边，同样的情景再次上演，他又放走了一只。

"怎么可能！"赛可瞪大眼睛，"又一只！？还是活的！？你

是捉苍蝇能手吗？"

"耶！我是！"克里斯汀开心极了。

"嗯，也许苍蝇太老了。"赛可觉得自己很幽默。

"也许！"克里斯汀转过身去，像是自言自语，"也许太老了；也许，它们像我一样。"

17

赛可觉得自己很愚蠢。

"我很蠢。"

"我太蠢了。"

"我怎么这么蠢……"她反复肯定着这一点;回想着克里斯汀由先前的开心到重新陷入沉默,她懊恼了一晚。

她睡得不好,起床后无精打采地刷牙洗脸,看到镜子里的自己有些疲惫,于是特意涂上她最喜爱的玫红色唇膏。这个颜色单看上去有些俗艳,却异常适合赛可,使她看上去白皙明艳,有种古典气质的美。

罗斯见她起床,做了煎蛋和烤土司,赛可泡了杯红茶,默默地吃着早餐。

"今天有特别想去的地方吗?"罗斯问。

赛可摇摇头。

"你不是喜欢艺术吗？利兹附近有个小镇，索泰尔（Saltaire），是世界文化遗产，挺文艺的，我们去那里转转吧。"

到达小镇的时候，车子驶过一条长长的街道，跨过一座桥，停在路的尽头；阴沉的天气衬托出小镇出奇的安静与冷清。

下了车向回走，站在桥上凭栏远望，脚下流淌着美丽静谧的艾尔河（River Aire）。

"那里，"罗斯指着艾尔河左畔一座四层楼的维多利亚建筑，"以前是索尔兹纺织厂（Salts Mill），小镇就是以它的创始人泰特斯·索特(Titus Salt)的名字命名的，"她略微停顿了一下，"可以说小镇也是由他创建的。"

索尔兹偌大的建筑空间用作展览馆再合适不过：画廊、书籍、文创、艺术品、纺织厂的古董设备及家具展区、餐厅等，区域功能齐全，几排贯穿整层屋顶的轨道射灯营造出温暖安稳的感觉，现代化的商品结合古典建筑空间的怀旧感，整体布局艺术感十足。

一进门赛可便被一把吸睛的蓝椅子夺去了注意力，这个巨大的单人椅足足有两米之高，不规则的梯形椅背和左右高低大小不

等、不同弧线的把手，在视觉上有一种夸张的变形，可爱而有趣。作者想传达什么信息不得而知，也许仅仅是有趣。有趣，就已足够。

这里的艺术廊区有着鲜明的特色和独属于此的时代印记，共有两个大的展览区：1853艺廊和摄影作品艺廊。

摄影作品区展出的是欧洲最杰出的社会纪录片摄影师之一的伊恩·比斯利（Ian Beesley）40年来的摄影作品，这些黑白影像包括了80年代在纺织厂拍摄的照片，当时这些纺织厂正在被逐渐关闭；有一面墙展示了受雇于各行各业的男女的肖像，特别的是这些行业已经不复存在；最后一部分主题是"大大的相机"——被比斯利复活的百年工业遗物，他用这台相机创作了这个区域展出的所有摄影作品。

从19世纪80年代到2007年，这位伟大的摄影师一直坚持深入到约克郡矿下，拍摄工作中的矿工。在地下700英尺（约210米）的深处，矿工们在黑暗、幽闭而又充满危险的矿区采矿，辛苦劳作。为了能够切身体会矿工们的生活，摄影师成为采矿团队的一员，与矿工们朝夕相处，20年来用相机记录下工人们的日常工作生活。最终，伊恩·比斯利所有的记录作品被命名为《漂移》，在利兹工业博物馆展出。

1853 艺廊是以纺织厂开业的那个年份命名的，里面展出了数量庞大的大卫·霍克尼（David Hockney）的油画、版画和素描，同时也有书籍和艺术用品出售。

赛可在艺廊入口处看到一个半人高的彩色三脚架，上面放置着一本巨大的画册，于是她戴上画册旁的白手套，一页一页翻看起来。这本画册有 500 页之多，收录了霍克尼超过 60 年的作品，从青年时代在布雷德福艺术学院，60 年代在伦敦，70 年代在洛杉矶，一直到今天；其中包括一系列肖像和用 iPad 绘制的作品，以及许多约克郡的风景画。赛可不由地感叹，这真是一位多产的艺术家，充满活力且热衷尝试，那些拼贴画真是令人印象深刻。

"嗨，赛可！"罗斯走了过来，"给你介绍，这是我的同事霍莉。"

"你好！"赛可微笑打招呼。

这是一位留着浅棕色齐耳卷发，中等身材的中年女士。

"你好！"女士神色温和，打量着赛可，"你喜欢绘画？"

"是的。我在考虑怎么把这个大部头搬回家！"赛可半打趣地指指三脚架上的画册。

"中国吗？恐怕不太好办。"罗斯若有所思，"哦，霍莉是我们学校的美术老师。"

"哇哦，太棒了，美术。"赛可说。

"是的，你有什么问题可以问她，我特意约了她过来。"罗斯说。

赛可向罗斯投去欣赏的目光，她总是这么周到。

"你喜欢这个画册？"霍莉问。

"是的，我在想如果放在家里，每天翻一页，那就等于家里每天都可以换一幅新的画作！"赛可说。

"好主意！"霍莉凝视着赛可，"稍等一下。"

霍莉转身走向附近的工作人员，交谈片刻之后返回。

"他们还没有国际邮递这项服务，只能自己想办法了。"霍莉说。

"谢谢你，没关系的。"赛可说，"中国国内说不定会有。"

"你对这个画家熟悉吗？"霍莉问。

"并不。"赛可说，"我不明白，为什么这里只有他一个人的作品，这么庞大数量的作品。"

"大卫·霍克尼，他在这里长大。"霍莉微笑。

"啊！"赛可恍然大悟。

"2011年在对英国1000位画家及雕塑家所做的民意调查中，他获得了'最具影响力英国艺术家'的称号；次年，女王给他颁

发了'功绩勋章',是限量 24 枚的勋章。"霍莉说。

赛可边听边不住地点头。

"墙壁上那些,是用 IPAD 画的。"霍莉介绍。

赛可转身望去,"我还没有看。"

"你和霍莉一起,她可以给你介绍。"罗斯说。

"非常感谢,还是你们多聊一聊吧,我随便转转就好。"赛可说。

"也好,我们在旁边翻翻书。"罗斯说。

赛可和她们点头暂别,独自一边溜达一边观赏。

霍克尼的 IPAD 系列画作"春天的来临"被印制成了大幅尺寸的作品挂在墙上展出,赛可认为这个系列太鲜艳太直白了,大片的粉和黄绿,用色甚至有些艳俗,她一度怀疑起了自己的欣赏能力。最终,她还是说服了自己——"这些画作的意义在于绘画工具的现代化、科技化,从发展演变的角度来看,还真是绘画艺术的历史性演绎。"

赛可一路看过去,浏览了家居、古董家具、首饰、当地历史展馆、古乐器,还有山地自行车和户外徒步用品区域,此刻才猛然发现,这里实质上是一家经过艺术包装的 LOFT 商场,不由地

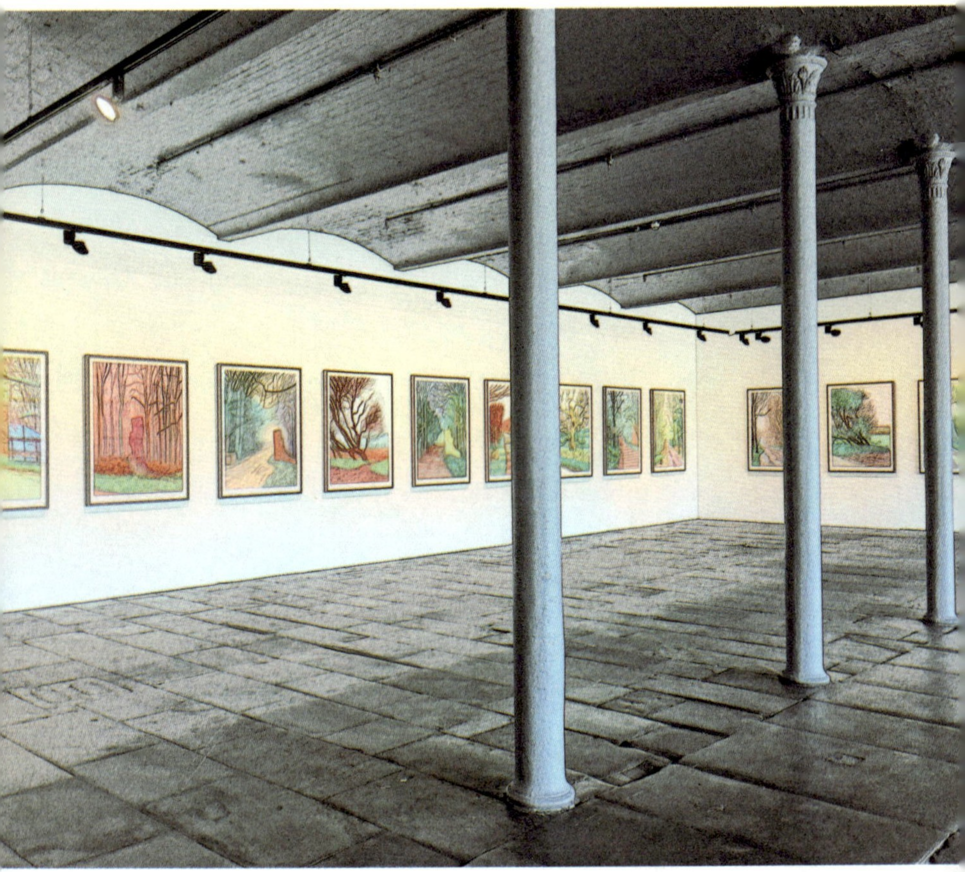

心生敬佩——"高阶商业，"她想，"看来，商业的尽头是艺术！"

"赛可，我们去餐厅喝杯茶吧。"罗斯和霍莉从不远处走了过来。

赛可点点头；逛一圈下来，确实有些累了。

咖啡厅里人满为患，三人在一张圆桌旁落座，各自点了咖啡、茶和点心。罗斯和霍莉聊着天，赛可则细细打量着餐厅的每一处角落——四周墙壁上挂着的依然是霍克尼的作品——人物系列。客人们置身于这间熙熙攘攘的工业风的餐厅里，被色彩鲜艳的大幅油画环绕着，远远看去，就像是电影里的画面。

末了，准备结账的时候，罗斯示意她要为霍莉买单，霍莉显得很惊讶，反复追问："罗斯，你确定吗？"

"是的，当然。"罗斯说。

离开餐厅，去书籍区浏览杂志书刊以及文创用品。宽阔的大厅两旁是巨大的拱形玻璃窗，中间一排黑色的铁柱，柱子之间摆放着供客人休息的连椅，一位全身黑纱的女士独自坐在那里休息；大厅正中央摆放着几个大件的青花黄纹瓷器，背后的墙壁上有一副巨幅壁画，像是中国黄帝时期的题材风格。瓷器两侧依次排列着实木桌台，分门别类陈列了满满当当的书籍。两位女士在

一张桌前翻看讨论,一位白发女士身穿玫红和紫褐两色拼接的连帽外套,下身穿着毛料的及膝半身裙,极薄的灰色丝袜,脚上是一双黑色乐福鞋;另一位金发女士身穿深蓝和湖蓝内外撞色的连帽外套,下身穿着白色长裤,一双米色系带皮鞋。两人低声说着话,轻轻地笑着。

不远处的书橱一侧,两位白发戴眼镜的男士翻看着同一本书,他们穿着不同颜色的格纹衬衫,外面都套着深色夹克。他们彼此并不交谈,似乎所有的默契都在那本书中。

赛可缓步踱向窗前,这里摆放着昆虫类书籍,一本本蝴蝶、蜜蜂、甲虫的封面令这片小巧的空间生机盎然,窗外大朵的白云令对面的老旧建筑也顿时明亮生动起来,赛可对这幅天然油画不禁看得着迷⋯⋯

傍晚时分,和霍莉告别之后,罗斯和赛可坐上车,准备驶离小镇。只一会儿工夫,天色竟然阴沉了下来。还没等到车子提速,罗斯就将车停靠到了路边,说是要到附近一家小店看看。

赛可在车内等待的时候,苍茫的天空淅淅沥沥下起了雨。透过流淌着雨滴的车窗,她打量着对面一座两层楼的建筑,这幢楼的每扇窗户都整整齐齐挂着白色的窗帘;入口处的招牌上写着"VICTORIA HALL",赛可寻思着该怎么翻译:维多利亚邸宅、会

所抑或礼堂？也许这里已经改建成了酒店。

雨中的街道冷冷清清，一位女士牵着一个五六岁的小男孩走在雨中，虽然淋着雨，却也并不显得匆忙和狼狈。

"这雨说来就来！"罗斯开门上车，带着湿漉的雨水和凉意，所幸她穿的是户外防风衣，"我买了把手，大门上的，该换了……"

18

下午五六点钟的阳光是蜜糖色的。

门铃声响,赛可从餐厅穿过走廊去开门。门前站着一个金棕发色的大男孩,赛可和他同时愣了几秒钟。

"嗨!"赛可本能地打了声招呼。

"克里斯汀在家吗?"男孩终于开口。

"是的,请进吧。"赛可说。

男孩羞涩地从赛可身边走过,赛可正准备呼唤克里斯汀,他已经走过来迎接朋友。

赛可关好大门,径直去了楼上卧室。晚上罗斯要带她出去吃饭,罗斯为此还专门询问了克里斯汀对于餐厅的意见,让克里斯汀为她们预订了座位。因此,赛可准备稍微休息一下,然后换好衣服等着出门。

她对这家餐厅一无所知,但既然是晚餐,即使不穿礼裙,也

要符合晚餐的氛围才好。赛可找出一件坑条纹的黑色高领紧身针织衣，面料泛着丝绒般的光泽，下身配条简简单单的牛仔裤，再搭配她最喜爱的意大利产的黑色厚底皮质运动鞋，简单时尚而且富有活力。她甚至认认真真地化了一个淡妆，淡淡的烟熏眼妆，裸粉色的唇妆，戴上一副银丝流苏耳饰，在长发与脖子之间若隐若现。

"赛可，你准备好了吗？"罗斯在门外问道。

赛可下楼，来到餐厅。

两个大男孩停下手中的事情，不约而同地望着她。

"嗨！"赛可微笑着问候。

"赛可，这是我朋友艾德。"克里斯汀介绍，"艾德，这是赛可。"

"你好！"大男孩依旧面带羞涩。

"你好！很高兴见到你！"赛可说。

"我约了艾德在家里吃晚饭。"克里斯汀边说边把两个大得惊人的香肠送进烤箱。

"哦！真是太棒了！"赛可说。

罗斯从前院大门探着头，"我们可以走了。"

"好的！"赛可一边应着，一边冲克里斯汀和他的朋友挥了

挥手。

傍晚的郊区宁静而美好,阳光金色的余晖在一点点地消散,车子在狭窄的道路上轻快地行驶。

"看这边,"罗斯突然开口,"克里斯汀的房子就在那里。"

"哇,真的吗?"不大会聊天的赛可,总是会傻傻地反问。

"克里斯汀去年买下了它。说起来他的运气实在是好,当时这个房子的主人年迈过世了,他的儿子从伦敦回来处理这处房产,急着出售,刚刚挂出来,就被路过的克里斯汀看到了,只用一半的市场价格就买下了。"罗斯说。

"真是幸运!"赛可说。

"是啊!运气不错,只是房子太老旧了,需要大修的。"罗斯说。

赛可若有所思,"罗斯,你知道有句话是这么说的吧:上帝为你关上一扇门的时候,会为你打开另一扇大门。"

罗斯不语。

"我是说,克里斯汀以后的生活会处处幸运的,他赢得了拳王赛的头等大奖,买到了这么便宜的大房子,这么多的幸运!"赛可又说。

"是很幸运。"罗斯轻轻地说。

"你是个特别棒的妈妈!"赛可有些动情,"你是个特别棒的女人!"

车子到达一个僻静的小镇,小镇上的街道铺满了石子,显得和周边的小镇有些不同;街道旁,窗台上一簇一簇的鲜花,令人有种误入法国南部小镇的错觉。

在停车场停好了车,两人步行没多远,来到一家意大利餐厅,狭小的餐厅大门毫不起眼,走进去却是豁然开朗,宾客满堂的喧嚣和大门之外仿佛是完全不相干的两个世界。门外是静谧,门内是繁华。

"如果不是克里斯汀预订了座位,我们可真要白跑一趟了。"罗斯也颇感意外。

侍者带领她们在餐厅中央一张二人桌坐下,罗斯为她俩点了披萨和红酒,放下菜单后没多久,室内的灯光就暗了下来。巨大的音乐声突然响起,从赛可身边的过道闪出一位全身星光闪闪的女人,手拿麦克风一边打着招呼,一边快速走向餐厅尽头,登上一个小舞台。歌手一开口演唱,全场的客人立即沸腾起来,赛可也不由地露出笑容,这是美国歌星碧昂丝(Beyonce)的那首

《Crazy in Love》，是她喜欢的歌手、喜欢的歌。再看歌手，她的穿着发型正是碧昂丝的模样。

歌手身材健康强壮，边唱边舞，是那种拥有力量的美；声线的模仿也是唯妙唯肖，和原唱相比似乎也丝毫不差。

客人们至此再也没有安静过，时而跟着齐唱，时而站起来舞动。赛可斜对面的两桌客人，十几个年轻女孩手舞足蹈大声歌唱，毫无顾忌。赛可右手边坐着的是两位女士，就在罗斯为她们两人帮忙拍照时，赛可这才留意打量她们。两位女士看上去五十多岁的样子，其中一位留着短褐色头发，戴着一副黑框眼镜；她身穿浅色西服套裙，套装里面露出洁白的衬衫；发型是精心打理过的，虽然是中年体态，但是举手投足之间有型有范；另一位女士则让赛可想起一位在美国广受欢迎的喜剧明星，蓬松的卷发，丰腴的身材，慵懒的神态，就像是从影视剧中走出来的人物。两人看起来是完全不同类型的人，可是坐在一起就像一处惹眼的景致。如果说那些又唱又跳的年轻女孩是色彩缤纷的鸡尾酒，清冽中透着香甜，那么这两位女士则是地地道道醇正的红葡萄酒，甘香醇厚，耐人品味。两人尽兴地交谈着，眼前的晚餐没怎么动，只是喝酒。赛可被她们吸引得挪不开目光——"美"真的是有千千万万种。

歌手连续唱了若干首碧昂丝的热门歌曲，接着演唱一首《Single Ladies》，并且邀请台下的两位女士跟她学跳舞。一位金发女孩和一位印裔面孔的女性上台，学了几遍之后跟随歌手伴舞，竟也有模有样。

曲毕，中场休息，再上台时歌手已然是另外一副装扮，赛可一眼便认出那是美国歌星蕾哈娜（Rahanna）。

"赛可，你喜欢这女孩唱哪位歌手的歌？！"罗斯把身体凑上前大声地问。

"老实说，她唱得都不错！但是，这里的音响一般，所以她演唱碧昂丝的歌效果要更好。"赛可大声回应。

罗斯对这番评论似乎有些吃惊，她默不作声点了点头。

旁边的两位女士喝完了一瓶红酒，又要侍者开了一瓶。赛可觉得那位慵懒的女士此时更加性感，借着看歌手演出的视线，她饶有兴趣地欣赏着眼前的两位女士。

此时餐厅里的人们酒至半醺，热烈的气氛有增无减，那两群年轻女孩已经扩大了活动范围，在拥挤的过道围起圈圈跳舞，一会儿又排起舞动的长龙"游行"。赛可看着至情至性的女人们，脑海中忽然蹦出"活色生香"这几个字出来，不由得微微一笑。她端着自己的红酒，半晌才想起来咂吧一口，感觉此时只有她和

罗斯是人间清醒。

她就这么坐着，听着，看着，不交谈也不想被打扰。

不知过了多久，灯光突然全部亮了起来，通明的厅堂令人睁不开眼。演出结束了，客人们犹如大梦初醒，纷纷起身，陆续离去。罗斯和赛可也起身准备离开，就在罗斯收拾外套和包的时候，几个从舞台方向走过来的时尚女孩冲站着等待的赛可走了过来。为首的一个漂亮女孩呆呆地走到她的面前，目不转睛地凝视着赛可。

"哦，我的上帝！你是这么的美丽！"女孩一字一句地惊叹道。

"哦！"赛可微微一愣，伸出双手，和女孩拥抱了一下，"谢谢你，甜心儿！你也一样！"

罗斯站在一旁静静地看着。

车子在黑暗曲折的道路中穿行，除了车灯前方，周围什么也看不见。寂静使得赛可的大脑渐渐苏醒，她开始感觉到无比的轻松和开心——作为一个中年女人，竟然得到了一个年轻女孩对于自己外表的赞美。

"那个女孩，她好像有印度人的血统。"赛可很想说点什么。

"嗯？"罗斯盯着前方。

"那个和我拥抱的女孩,看上去应该只有十六七岁吧。"赛可说。

"那很正常。"罗斯说。

车内一阵沉默。

"看!狐狸!"罗斯说。

只见车灯右侧有一条影子闪进了路边漆黑的灌木丛中。

"竟然有狐狸!"赛可不由地提高了嗓门。

"中国没有吗?"罗斯说。

"从来没有见过。哦,动物园里会有。"赛可笑了起来,"英国有很多狐狸吗?"

"是的,很常见,可以说是英国最具代表性的动物了。"罗斯说。

"属于哪一类?红狐?"赛可问。

"是的。"罗斯说。

回程的路似乎近了许多,赛可感觉很快就到家了。

夜已深沉。

黑暗中,赛可隐约听到有人在不停地呼唤,她努力想要听得清楚一些——是"波罗"的名字。

"波罗,波罗!"

突然间眼前一道光亮，一切安静了下来。有那么一会儿的时间，周围死寂沉沉，赛可只觉得有一双眼睛在不远处盯着自己看，是一种冷冷的眼神。她想要睁开眼睛，却动弹不得，她想使劲扭一下脖子，还是睁不开眼。没有一丝声响……终于，她清楚地听到一句："波罗，快出来！"，随着"啪嗒"一声，眼前的光亮消失了。

赛可一下子清醒了过来——是罗斯女士！刚刚是她在叫波罗，并且打开了自己卧室的灯，然后关灯离去。

她突然感到一丝寒意，想把被子往上拉一拉，却发现自己本来就被包裹得严严实实，她感到稍稍安心了一些——自己的睡姿很好，仰面躺着，连手和脚都没露在外面。

"但是，"她心中充满了疑惑，再也没有丝毫睡意，"我记得很清楚，门是锁着的。"

19

赛可今天起得比平时早了一些。

罗斯拿着音乐播放器，大声播放着音乐，在楼上楼下来回穿梭，似乎很忙碌。

赛可打开卧室门，迎面碰到正在上楼的罗斯。

"早上好！"罗斯问候。

"早上好！"赛可回应着，犹豫了一下，默默地往楼下走。

"哦，对了，"罗斯在卧室门口停下脚步，扭头说道，"波罗昨晚闯进了你的房间，我进去把它叫了出来。"

"哦！"赛可看着罗斯，"我当时太困了，想睁开眼却不能动弹。"

罗斯点点头。

"但是，我记得很清楚，我锁了门的。"赛可说。她甚至想说，她又拉了拉门，确认之后才上床睡觉的。

"也许那个锁不好用了。"罗斯看着赛可。

"但是,波罗怎么会去我房间呢?"赛可不想放弃,"他喜欢我?"

"也许,他去找克里斯了。"罗斯淡淡地说。

赛可点头,自己竟然忘了——这本就是克里斯汀的房间,也应该是波罗的房间。

早午餐的时候,罗斯告诉赛可,下午去约克。

"你不是想看地道的英国戏剧吗?今晚约克有莎士比亚的戏剧。你知道他吗?"罗斯说。

"哦,谁不知道莎翁呢!哪一部?"赛可问。

"《哈姆雷特》。"罗斯说。

"《王子复仇记》!太棒了!"赛可说。

罗斯迟疑了一下,点点头。

"谢谢你!罗斯!"赛可说。

到达约克的时候,天色已近黄昏。

罗斯把车停在一条居民区的街道上,"这里是我朋友的家,晚上我们就住在她这里了。"她指着斜对面一扇门介绍。

"不进去打招呼吗?"赛可跟着罗斯向着相反的方向一边走着一边问道。

"朋友出差了,家里没人,她把钥匙寄给了我。"罗斯说。

"你的这位朋友,她是做什么的?"赛可问。

"一名设计师。"罗斯说,"对了,有段时间她还经常出差到中国,广州。"

"真的吗?"赛可很是好奇。

"她的设计,带到广州订制瓷器。"罗斯说。

两人步行来到剧院,剧场是老式的用钢架搭建的那种,共有三层;不远处是约克城堡博物馆。剧场外围有供观众餐饮、休息的院落,几棵大树下有圆桌和围椅。

时间还早,罗斯买来约克当地的小吃当作晚餐。这是一种又圆又厚的馅饼,有芝士馅和牛肉馅两种,赛可认为这种小吃看起来比吃起来好很多;不过配着咖啡,她还是吃得津津有味,以至于罗斯都有些惊讶。同桌的一对老年夫妇和罗斯闲聊着,是赛可腾出了一些地方主动招呼他们过来坐的。

吃完简餐,罗斯买了瓶红酒,开始检票入场。

这是位于二楼、在舞台一侧的座位,没有人选择坐在这里,观众大多选择正对舞台的位置。

"一楼到三楼正面的位置卖完了。"罗斯说。

"这里挺好！就像包厢。"赛可安慰着她。

舞台前方的空地也陆陆续续坐满了观众，看上去大多是学生，全都席地而坐——只有这片小小的空地是露天的。从赛可的角度看过去，整个剧场一览无余，半圆形的观众席围绕着舞台，半人高的舞台是由木板搭建的，木板显现出经年累月的老旧状态，整个剧场很有莎翁那个时代的感觉，也许就是仿照莎翁的环球剧院搭建的吧。

这是闹中取静的一方空间，赛可和罗斯之间隔一个座位而坐，她甚至把胳膊敞开搭在椅背上，此刻她自我感觉心态有点像北京城里的"大爷"。（"爷"字在这里不念轻声，而是二声，音调往上挑的那种。）罗斯倒了两杯红酒，用商家给的塑料杯当作酒杯，两人碰杯致意。

此时天还大亮着，戏剧正式开演了，赛可却怎么也进入不了剧情，莎翁的古语和戏剧语言令赛可一头雾水，以至于一句都听不懂，她只能依靠对于书上情节的回忆来揣测人物台词的大致含义。

简单的舞台、简单的道具和灯光、简单的演员服饰……就在赛可感到无聊寡欢的时候，男主角——哈姆雷特王子出场了！金

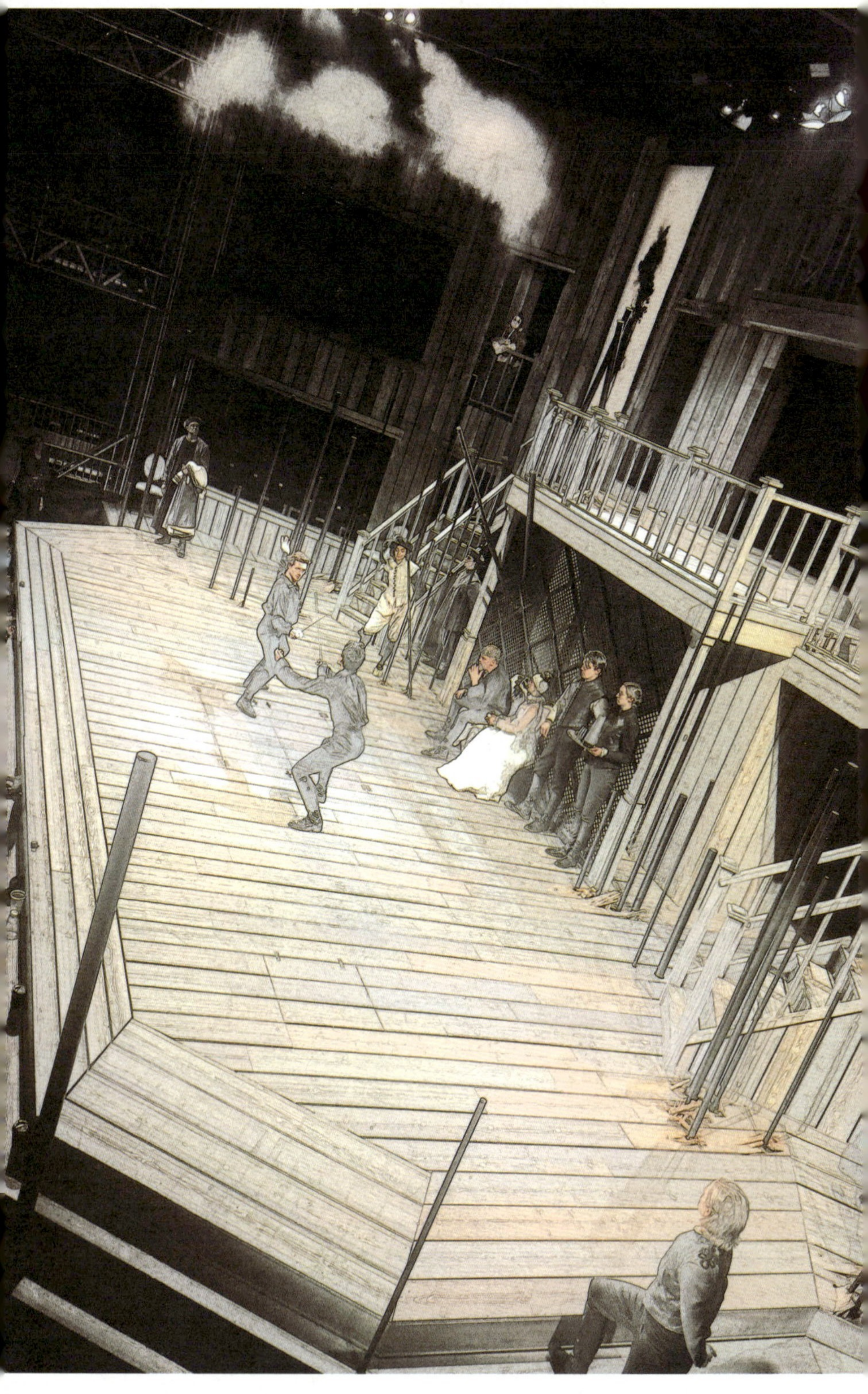

色的齐腮短发，高耸挺拔的鼻梁，蓝色梦幻的眼睛！蓝色的眼睛也许是赛可想象出来的，但她就是这么认为的。黑色及膝皮靴，黑色紧身裤，带盘花装饰肩膀的黑色皮革拼接短夹克，好一个高大、强壮、笔挺、潇洒的英俊王子。赛可的精神为之一振——终于有了新的乐趣；这个乐趣支撑了她整个上半场的精神。

"这么伟大的剧目，如果我睡着了……"她不敢想象那画面。

喝红酒，品的却是美男子，看戏剧，观的只是一张脸，想到这里，赛可觉得有点滑稽可笑。进而又想，无论观赏的是什么，其本质都是一样的，都是在感受美，莎翁他老人家也一定是认同的，因为莎翁诗中的情爱观就总是包含着对美的肯定和享受。想到这里，赛可便心安理得起来。

继而她又感叹"这个国度真是一个特立独行的存在，既是革新者又执著于传统，常常显得与众不同"。自己也喜欢它对岸的邻居，少年时代看法国名著，景仰那些大文豪，虽然成年以后脑袋里空空如也，只留下了一堆书名。她喜欢法国人的浪漫洒脱和潇洒不羁爱自由，但是和温文尔雅的英国人比起来，法国人骨子里的清高多多少少给人一种距离感。

到了中场休息的时间，观众们起来活动身体。赛可和罗斯走

出剧场，来到院落。天空已是深沉浓郁的蓝调，院内的大树上亮起了一串串橙色的挂灯，耳边不时传来阵阵欢笑声。

再回到座位时，舞台上方的顶棚已经亮起了灯光，人物的服装、面容也因此更加鲜亮和生动起来。无论听得懂或是不懂，伟大的作品总是震人心魄的，当悲剧像推倒的骨牌一样开始连续发生的时候，全体观众变得鸦雀无声，即便所有的人都熟知结尾的那一幕，每个人都还是被深深地震撼着。赛可也不知道从何时起自己的注意力已经完全从"美男子"那里转移开了，人物在面对命运造化之时的无力和绝望，令赛可完全沉浸在悲悯之中。最后，人们的内心只留下一个无以名状的黑洞。

演出结束，片刻的寂静过后是热烈的掌声，是敬意，更是受到震撼之后各种情绪的释放和涌露，经久不息……

走出剧场，赛可和罗斯依旧步行，没多久便路过约克大教堂，夜幕中的教堂在银白色的灯光下多了几分神秘和隽秀，就像一位庄重的贵族夫人佩戴着华美繁缛的蕾丝银饰，呈现出与白天的雄壮宏伟截然不同的气质。

再过几条街道，只见一家酒吧内人头攒动，罗斯似乎来了兴致，示意赛可入内。穿过拥挤的人群，罗斯径直走到吧台点了两

杯啤酒,递给赛可一杯,两人碰杯后她喝了一口,对赛可说去趟卫生间,就离开了。如此的拥挤,光线昏暗,赛可端着酒杯一步也不敢移动,只是转向乐队的方向观看演唱。由四个中年男人组成的乐队演唱着摇滚歌曲,音响开得震耳欲聋,欢乐的人群一边跟唱一边晃动,赛可便又是那个最冷静的人,她一边喝着手中的啤酒,一边观赏着人群。几首歌曲过后,还是不见罗斯的身影,外面又陆续进来三三两两人高马大的男人,拥挤之下一对情侣移步到赛可身边,两人大声歌唱欢呼。他们都是那种偏肥胖的身形,一看就是快乐的人。那位男性和女友摇晃着脑袋唱歌,还会突然踩着节拍冲着赛可的耳旁大声呐喊,惹得"冷静的"赛可也忍不住扭头咧开嘴冲他一笑。

直到赛可手中的酒已经喝完,脚也站累了,罗斯才不知从哪里冒了出来,"我在洗手间刚刚交了个新朋友!"她在赛可的耳边大声说道。

"真好!"赛可说。

"哦,亲爱的!"罗斯突然对不远处招呼着。

一个女人费力地走到罗斯她们面前,两人相互在耳边大声说着什么,然后那个女人对着赛可的脸狠狠地亲了一下。

"哦!你好!"赛可说。

"你好，亲爱的！再见！"女人说完便消失不见了。

"这就是我那位新朋友！"罗斯大声介绍。

没过多久，酒吧里灯光全开，整晚的演唱结束了。

"我们走吧。"罗斯说。

赛可跟随其后，走到大门口的过道时，脚下突然被绊了一下，踉跄之余，赛可本能地说"抱歉！"扭头一看，旁边伸脚坐着的正是唱歌的那位胖胖的女孩，赛可又正式对她说了声"抱歉"，女孩面无表情。她的男友站在不远处看着赛可，走了两步的赛可回过头来对男人说："我喜欢你（们）这对（爱情）小鸟！"然后对呆立着的男人笑了笑，径直离去。

走出酒吧所在的街道，赛可才发现夜已经很深了，路上看不到什么行人，被风一吹，感觉到一丝寒冷。两人不由地加快脚步，罗斯却怎么也找不到来时的路。

"我竟然迷路了。"罗斯喃喃自语。

两人正在迷惑，迎面走来几个中年男女，其中还有两位年纪偏大的男士。罗斯上去打招呼问路，并且愉快地交谈了几句。

"那些人很友好，"赛可说，"很热情。"

"可不是嘛，好像是俄罗斯裔！"

"哦？"

"是的。"罗斯很肯定,"我有一个俄罗斯的女性朋友,我们很要好;她整天全世界到处飞。"

"工作的关系吗?"赛可问。

"差不多吧,也会旅居。"罗斯说,"她已经离开英国了。"

"曾经的同事?"赛可又问。

"是通过朋友认识的。"罗斯说,"我们几个朋友都很喜欢她。"

"俄罗斯,战斗民族。"赛可说。

"确实,"罗斯似乎突然想起了什么,"她非常有趣,每当有人恋爱了,她总是会问这个男人的人品怎么样,稍不满意,她就会说——干掉他!哈哈!"

赛可听了也忍俊不禁。

"干掉他!"罗斯一边重复,一边用手做出切除的动作,"她就是这么做的。"

穿过一座孤零零的桥,一路上说说笑笑,两人一会儿就到了傍晚停车的街道。

站在门前,罗斯在包里反复摸索,越来越着急,"找不到钥匙了!钥匙在哪里?"

赛可无能为力地看着她。

"发信息,给朋友发信息。"罗斯拿出手机。

"太晚了吧!"赛可说,"再说,钥匙在你这里,打电话有用吗?"

"是的。"罗斯无奈。

"不行的话,住酒店吧!"赛可说。

"车上?你等一下。"罗斯说完扭头就走。

她很快返回,失望地用手捶打了一下大门,一道宽宽的门缝出现在了眼前,赛可和罗斯面面相觑。

"怎么可能!?奇迹!?有小偷!?"两人心中同时出现了许多的问号和感叹号。

罗斯镇定了一下,伸手把门轻轻地往里推开了一些,示意赛可跟她一同进去。两人带着紧张的心情走进黑乎乎的走廊,此时院子里一个亮着灯的小房间突然熄灭了灯光。

赛可不由地一阵紧张。

"我想起来了,"罗斯低声说道,"我朋友说,她还有一个朋友也许会过来借宿,应该就是他了。"

原来是这样!赛可的心情终于放松了下来。

罗斯带赛可去二楼卧室,"卫生间也在二楼,你先洗漱,然后休息吧。"

赛可点点头。太晚了,她实在是困了。

20

清晨，赛可被一阵谈笑声吵醒，罗斯在和一位男士聊天。

"就是那位借宿的客人吧。"赛可这样想着从床上坐起来。在她洗脸的时候，只听见大门"咣"的一声，整个家里随即安静了下来。赛可整理好卧室，收拾好自己的东西下楼，刚走到客厅门口，两个漂亮威风的大家伙不知从哪里窜出来，兴奋地围住赛可闻上闻下，并且抬起爪子高高地立起。赛可诧异不已，家里竟然有两只牧羊犬！怎么会安静到令人毫无察觉呢？

"停！"一位男士边呵斥边从客厅一侧的厨房走过来。

"不要怕，它们很友善的。"男士对赛可说。

这是一位胡子和头发花白的老人，精干瘦削的体型，黝黑的皮肤，穿着像是要去阳光灿烂的沙滩上度假的花色衬衫。

"给你这个。"他温和地微笑着，从短裤兜里掏出一把狗粮，递给赛可。

"谢谢！"赛可接过狗粮喂给两位热情如火的家伙，果然，心满意足后它们冷静了下来，放弃了对赛可的纠缠。

"来杯咖啡还是茶？"老人问道。

"咖啡，我自己来吧。"赛可跟随他进入厨房。

老人给她一一介绍餐具的位置，看着赛可动手冲泡咖啡。

"你来自中国？"老人问。

"是的，上海。"赛可说。

"嗯。"老人眼角含笑点点头，"你的朋友出门去超市了，我想她很快会回来。"

"好的。"赛可微笑着。

"您是，这里的主人？"想着那两条狗，赛可犹疑地问。

"不，我是主人的朋友，我来约克看望我的女儿。"老人说，"以前来过英国吗？"

"没有，这是第一次。"赛可说。

"来旅游？"老人问。

"算是吧！"赛可说，"我女儿在布里斯托读夏校，我陪她一起来。"

"你在什么行业工作？"老人问。

"金融行业。"赛可说。

罗斯拎着超市里买的东西,手上还有一大束鲜花,赛可赶忙接过鲜花。

"我给你找个瓶子,"罗斯说道,"还是你更擅长插花这件事。"

赛可也认为自己责无旁贷,插花的时候她总是感到很开心。

赛可把花瓶里接了水,撒了一小勺盐,以便给鲜花补充营养,接着便着手修剪枝叶。插入瓶中的花束以几支向日葵作为主体,再将其他一些花花草草点缀其中。相对于东方花艺的细致典雅和西方花束的浪漫时尚,赛可更喜欢这种"粗枝大叶"的自然状态,她喜欢生机蓬勃的感觉。

罗斯买回了面包,此时又煎了两份鸡蛋,赛可插好花坐下来和罗斯一起吃早餐,老人和她们坐在一起,喝着咖啡。罗斯和他快速地聊着什么,大声地笑着,这时的赛可几乎听不太懂他们交谈的内容了。

"你觉得英国的肥胖人群多吗?"在罗斯说话的间隙,老人转向赛可问道。

"是的。"赛可回答,她突然想起日本动画大师宫崎骏的电影《千与千寻》,生活在现代工业社会的人们真的像电影中小女孩的父母那样,成为了被不停投食的猪。

"中国多吗?"老人问。

"不，不多。"赛可说。

"你认为是什么原因，英国这么多肥胖的人。"老人问。

"食物，工业食品。"赛可说。

老人点点头，"我很想知道，你们怎么看英国脱欧。"

"这是政治而不是纯粹出于经济的考量。"赛可说。

"如果脱欧成功的话，你们怎么看待对英国经济的影响？"老人又问。

赛可用手势做了一个下滑的动作，"中国有些媒体是这么看的。"她补充道。

老人沉吟片刻，"这样也好，发展慢下来对环境来说是好事。那么，中国近年来对环保做过哪些事情吗？"

"我们这几年荒漠绿化面积在所有国家中排名第一。"赛可说，"知道阿里巴巴吗？他们有一个蚂蚁森林的绿化项目，带领年轻人在网络上参与这项活动。"

老人点头微笑。

"你热爱艺术？"赛可问。

"不，一点也不。"老人说。

"你的手链，很有艺术气息。"赛可说。

"实际上，这是一个伤感的故事，是为了纪念某个人。"老人

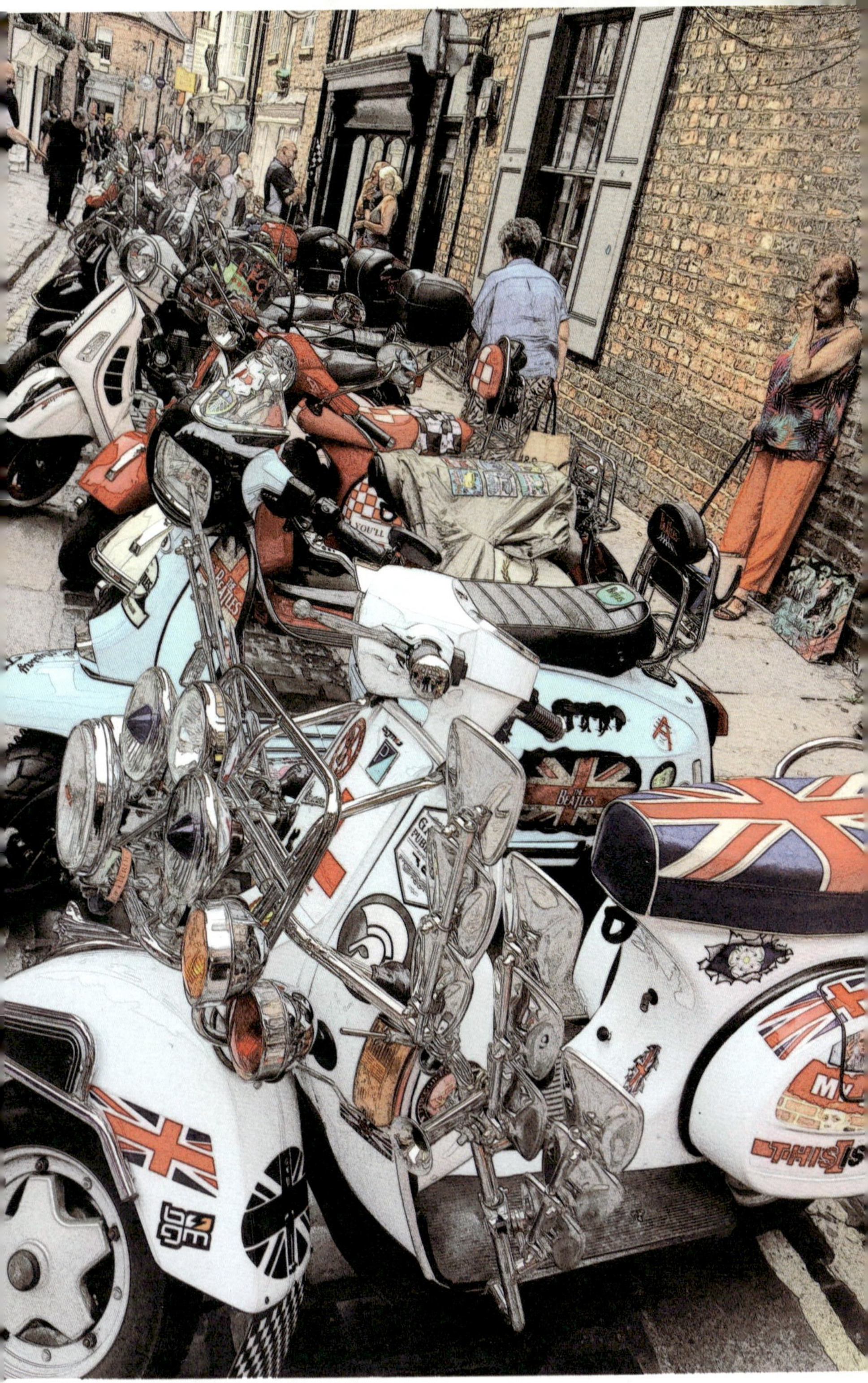
BEATLES

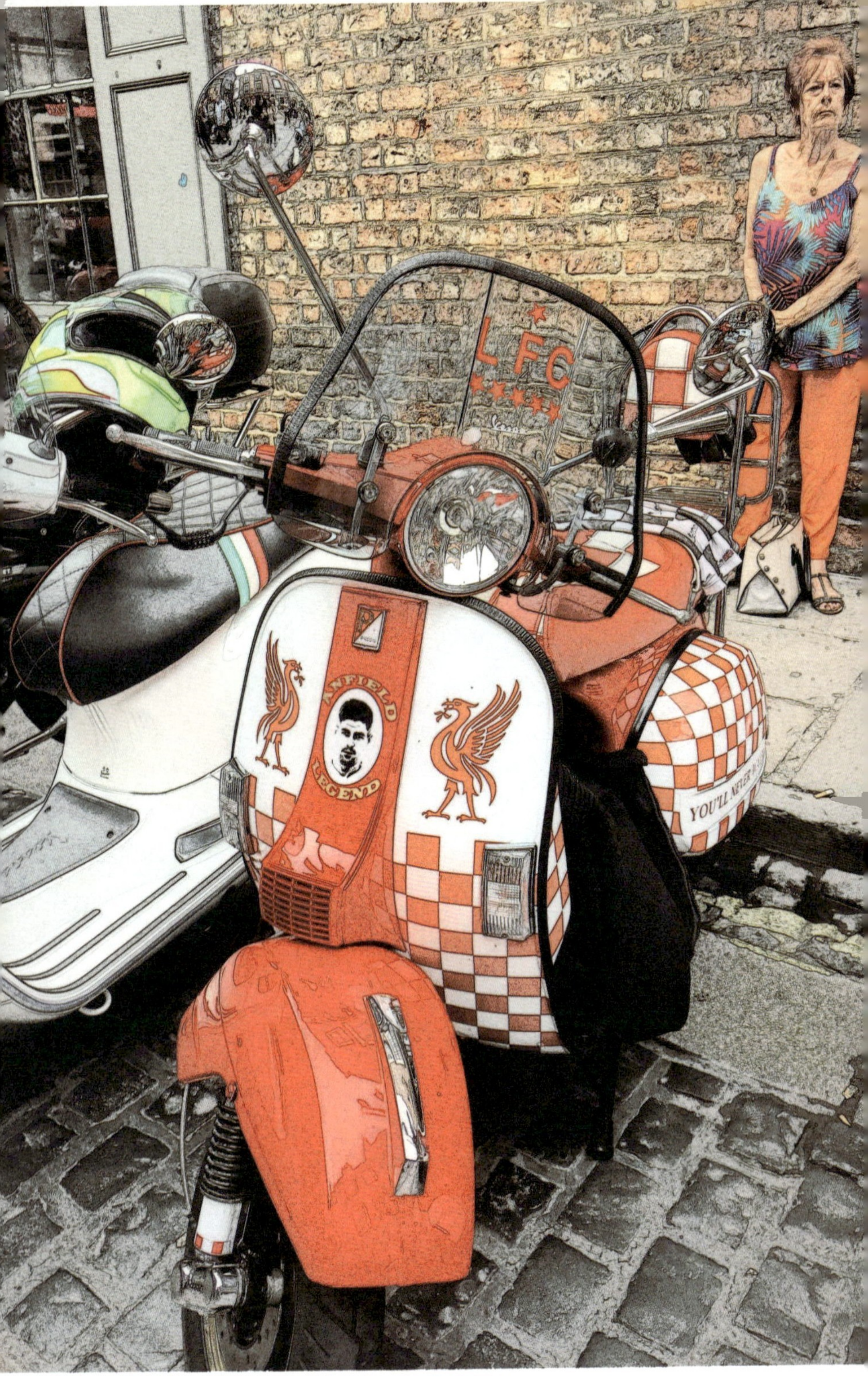
LFC
ANFIELD
LEGEND

缓缓说道，"我的职业是医生，我女儿也是。"

"哦，我的爷爷和爸爸也是医生。"赛可说。

"那可真太棒了。"老人说。

两人同时笑起来。

此时罗斯已经收拾好了厨房，她走过来给桌上的鲜花拍了照，给朋友发了过去。"我把钥匙弄丢了，买了鲜花表示歉意，朋友说我太客气了。"她自言自语地说。

"那么，我们就走吧。"罗斯跟赛可说。

老人和她们一一告别。

"跟你聊天非常愉快。"老人对赛可说。

周末的约克镇比平时热闹了许多，在小镇最热闹的街区，有一条狭长的街道，里面依次排列、停满了花花绿绿、款式各异的摩托车。

赛可兴奋至极，一辆一辆细细地看过去。

为首的一辆是白色车身，车上多处用英国国旗图案点缀，就连皮质车座也是国旗图案包裹着的，宽大的挡风板前方的钢架上布满了大小不一的照明灯，最特别之处是灯的两侧分别焊接了九盏后视镜，如此拉风的改装设计实在是富有想象力。

还有一辆抢眼的摩托车，远远看上去便知车主是利物浦球队的球迷。车身涂满了红白方格图案，挡风板中央印有队长杰拉德的黑白头像，围绕头像的是烫金的字母"安菲尔德传奇（ANFIELD LEGEND）"左右两边是球队的标志——利弗鸟。挡风板上方中央有一个闪亮的大灯，从一边伸出一根细长的钢架，高高地顶着一个圆形后视镜，就像是蜗牛伸出了一只长触角。大灯后方是墨色透明的胸部挡风板，印有红色的五颗星和利物浦足球队俱乐部的简称"LFC"。后座还有一块可爱的红白格子图案的挡板，像是专为骑车带孩子设计的。

此刻，车主的形象跃然眼前：这是一位温和、踏实的男人，细致而富有情趣，把一辆平淡无奇的再普通不过的小型摩托车改装成了大街上最靓的风景，这是一个真正的球迷的宣言，每天都和球队的荣光同在，是何等的幸福！

还有更小巧的车，周身淡蓝色，国旗的图案上印有"披头士（THE BEATLES）"字样，车主是乐迷无疑了，图案周边是散乱点缀的乐队成员的黑白头像、唱片和演唱会的照片。

当然少不了钢铁肌肉型，一辆印有"多顿（Dorton）"\"百夫长（Centurions）"金字的黑色摩托车，设计简单大气，站在车头前方竟有豪华轿车的既视感：挡风板上方一盏方形大灯，下方

左右两侧两盏圆形大灯，两盏灯的中央有一位摊开双手迎风而立的银色女神，钢架左右两侧最边缘的位置各有三面纵向交错排列的长方形后视镜。两侧车身是密密麻麻交错排列的排气管，和车辖辘的钢轮一起泛着银色的夺目"钢亮"，如果给这辆车起个名字，叫它"霸道"再合适不过。

还有一辆极其夸张、极具个性的蔚蓝色的摩托车，拥有二十多盏大大小小红黄蓝白四色的车灯和十几面后视镜，挡风胸板两侧插着长长的旗杆，旗杆顶部各挂着一条貂尾，其中一根旗杆还额外增加了一面小小的英国国旗，堪称"拉风之最"。意外的是，车头的金标也是"多顿（Dorton）"\"百夫长（Centurions）"的字样。

还有"变态蛙（PSYCHO FROG）"主题的车，车身是3D数码喷绘的图案；还有车主把自己骑行时穿戴的夹克或者头盔铺在车座上、挂在车把上，充分展示着自己的独特个性和品位。

沿着街道一路看过去，直到街道的另一头，赛可发现一辆黑色的摩托车绘满了玫红色的图案，一双翅膀组成的爱心中间有一根交叉的红丝带，赛可这才明白，骑手和摩托车爱好者从各地赶来，就是为了参与宣传"关爱乳腺健康"的活动，再看路头的牌子，果然如此，一股暖意涌上心头。

看完了摩托车展，罗斯带着赛可游走于小镇的更深处，在看似老旧的居民区的巷子深处，隐匿着多处深宅大院。走进其中一个，有点像改造过的民宿客栈，自带地下酒窖和餐厅，从外面看似乎冷冷清清，没想到餐厅里面竟也人满为患。置身其中，就像掀开了尘封岁月的面纱，也有置身于古代剧片场的错觉。罗斯感觉拥挤，于是打消了在那里喝茶的念头。

转了一大圈，重新回到小镇的中心街道，来到一家带有后花园的两层餐厅。赛可站在二楼餐厅阳台俯瞰过去，宽阔的花园草坪上松散摆放着十几张桌椅，远处有一个藤蔓围起的遮阳亭，四周种满了花草树木，一丛一簇的花草是标准的英式花园的风格。然而在烈日之下，没有客人选择坐在那里，倒是前院，由于有大树遮蔽，即使桌椅之间摆放拥挤，依然被客人们坐满，以至于很多人端着咖啡或者酒杯，三三两两站着聊天。这里像是约克的时尚聚集地，与其他地方相比，可以欣赏到更多的型男型女，而熙熙攘攘、人声喧嚣的情景更像是夜宴派对该有的气氛。

罗斯对这里仍旧不满意，于是去了对面一家小巧精致的餐厅；坐在落地玻璃窗前，透过街道对面院落的铁艺围栏，依旧可以看到花园餐厅前院的热闹景象。街道上的行人络绎不绝，华人旅行团不时地打眼前经过。

"赛可，中国人体型都这么好吗？"罗斯感叹。

"差不多是这样，中国人很重视养生。"赛可很想跟她介绍中医的常用养生方法，又感觉讲不明白。"很遗憾克里斯汀没有来，他应该很喜欢那个摩托车展。"她说。

"是的，他确实喜欢摩托车。"罗斯说。

"你发现了吗？克里斯汀很没有安全感。"赛可说。

罗斯惊讶地望着赛可，"为什么？"

"他喜欢的东西，那些东西——大型犬、城堡、拳击、摩托，都是力量型的；也许，在他的内心里，他总是感到很无助。"赛可陷入了思考，自言自语地说着。一扭头，却看到罗斯湿润的眼睛，赛可心头一惊，"非常抱歉，罗斯！"她说，"如果我让你感到不愉快，无论何时，请直接告诉我。"

罗斯把头扭向一边。

两人默默地吃完了这顿简餐，赛可只想赶快离开这个令人尴尬和窒息的地方。

走在街上，被人群裹挟着、被阳光炙烤着，头脑似乎停止了思考和判断，心情也有些不一样了。

路过一家精品店的时候，赛可被落地玻璃橱窗前摆放的一个皮质挎包吸引，于是两人走入店内。服务员是一个年轻帅气的小

伙子，他热情地上前问候并为她们介绍商品。

"这个包，非常性感！"赛可说道。

小伙子和旁边两个店员都笑了起来，"只是我个子不够高，对我来说太大了。"赛可看着镜中的自己，"可惜了这个包。所以，给我包起来吧。"

"你可以再考虑一下，"罗斯说，"毕竟这个包可是不便宜呢！"

"反正，女人在购物的时候总是不够理性的。"赛可说。

罗斯似乎被感染了，立刻变得开心起来，张罗着帮赛可跟店员沟通买单事宜。

走出商店，两人仿佛焕然一新，一扫之前的阴霾。

"我们去河边吧，今天是周末，河边会有集市。"罗斯说。

赛可举双手赞成。

正是下午最热的时候，一丝风都没有，一艘白色的敞篷船停靠在岸边，吸引着路过的游人，罗斯说这是当地的传统——游船冰淇淋；于是买来两支，边吃边逛。

赛可记得上次在河边餐厅喝啤酒的时候，岸边还真的是冷清的，今天就热闹多了。沿岸摆满了各式各样的手工艺品，绘画、

皮制品、手工香皂、各种小玩艺儿。

罗斯在一个华人模样的女孩摊位前驻足，女孩身形瘦削，戴着眼镜，正在吃饭。她的摊位极其简单，一些画样，几个圆锥形颜料筒做的画笔，一番交谈之后，罗斯决定在这里做身体手绘。

"了解这种手绘吗？"罗斯问赛可。

"不。"赛可摇摇头。

"这是海娜（Henna），"罗斯翻看着图样，"我就做这种，你要尝试吗？"

"不。"赛可坚定地摇头。

女孩放下手中的食物，立即着手准备。

"你是，华人？"赛可试探着问女孩。

"香港。"女孩说。

赛可点点头，踱到对面的树荫下坐着，吃着手中剩了一半的冰淇淋甜筒。

半晌，罗斯做完了一支手臂，跑过来让赛可看，是棕褐色的图腾图案。女孩叮嘱她要完全晾干，说是一两天后才能很好地上色，图案能够维持几个月。看到完全做好的效果，赛可这才想起来，她曾经在国际机场见过一个身穿牛仔短裤的印度女孩腿脚上绘满了这样的图案，看起来像是和高大时尚的男友一起外出度

假。赛可当时胡乱猜测，这是印度高种姓的身份标志？一番探询后才弄明白：原来这是一对新婚夫妇！印度人结婚的时候，新娘做海娜是上千年的传统，寓意可以得到神灵的祝福。而如今，海娜手绘艺术传播到了世界的很多角落，她这才能够在约克这个小镇上亲眼得见。

回到家的时候已是傍晚时分，赛可去楼上整理完毕来到餐厅，递给罗斯一叠英镑。

"谢谢你，赛可。"罗斯接过去，有些意外。她并不知道在逛街的时候，赛可趁着自己去卫生间的时候在 ATM 机取了钱。

"我去趟超市。"话一说完她即刻出门。

赛可泡了杯红茶，用手机刷着新闻，听到楼上开关门的声音，这才发现原来克里斯汀在家——也许他刚刚睡醒，昨晚又和朋友熬夜看拳击比赛了。

不多时，罗斯拎着购物袋从外面回来，"赛可，我买了英国当地一些小食，我们可以先吃些东西。"她边说边从袋子里往外拿东西，"这是英国本地产的燕麦饼，高纤低脂，你看看。"接着，她打开音箱，扭大音量，明快的歌声旋即充斥了整个房间。

赛可走过去看饼干包装上的配料表，这是用整粒燕麦辗轧而

成的饼干，不含人工色素、防腐剂、香精和转基因成分，也没有糖和氢化脂肪。"不错。"她很喜欢，于是仔细打量着包装盒，图片中燕麦饼干上铺了半个温泉蛋和三文鱼片，还有薄荷叶作为点缀，清新的包装设计，给人健康环保的感觉，赛可在脑子里认真记下了饼干的名字"奈尔斯（NAIRN'S）"。

"我买了几种口味的芝士，搭配着燕麦饼吃；还有这个，墨西哥玉米饼，一会儿我来做个蘸料。"罗斯说。

罗斯从中岛餐桌的抽屉里取出餐盘，放几片燕麦饼，又取出芝士，在木质砧板上摆成一排，"三个口味，你想先尝哪种？"她说。

"有什么不同？"赛可问。

"这是蓝莓味的、原味的还有蓝纹芝士。"罗斯介绍。

"我想从味道最淡的开始品尝，最后吃口味最重的。"赛可想起了红酒的品尝方法，"或者，最后吃甜味的。"

罗斯切了原味芝士，摆放在饼干上，和赛可一人一个塞到了嘴里。

"不错。"赛可说。

罗斯点头，又摆了另外两种口味的芝士在燕麦饼上装盘，递给赛可，"我开始做玉米饼的酱料了。"她说。

赛可正准备开吃，似乎想起了什么，于是端起盘子转身上了二楼，她敲了敲自己卧室旁边的门，克里斯汀打开门，赛可把盘子递给他。

"哦！"克里斯汀开心地叫了一声，"谢谢！"他说着赶忙接过盘子，并把一块燕麦饼芝士塞到嘴里。

"对了，给你看这个。"赛可从裤兜里掏出手机，"我专门拍了下来，给你看看，估计你会喜欢。"她找到摩托车展的照片，一张一张划给克里斯汀看，不时扭头看他的神情。

克里斯汀的眼睛里泛着惊喜的光彩。

赛可展示完照片，接过空盘子下楼。回到餐厅时，罗斯已经做好了莎莎酱（salsa）——这是用沙拉酱加洋葱粒和几味香料调制而成的。罗斯打开三角玉米饼倒入大盘子，和赛可一起舀起酱料品尝，还开了一瓶起泡酒佐餐。等到晚餐的时候，赛可已经快被喂饱了。

21

清晨醒来,赛可在床上仔细地回想着昨天夜里的情景:不知深夜几点钟,窗外一阵嘈杂,把梦中的自己吵醒了——一个陌生男子的声音,汽车响动的声音,几个人交谈的声音。赛可搞不清楚发生了什么,头脑里一点线索也没有。她起床打开房门,下意识冲隔壁房间扭头看,房间的门半开着,一条毛茸茸的腿懒散地伸出床外。

赛可吓了一跳,于是轻手轻脚地去卫生间洗漱。

她来到客厅,完全没有罗斯的气息;于是泡杯咖啡,自己动手做早餐。她一边吃早餐一边看新闻,快吃完的时候,一个陌生男子出现在她面前。

"嗨!你好!"他打招呼。

"嗨!"赛可看着眼前年轻英俊的小伙子,一时不知道该说些什么。

"我叫麦休！是罗斯的外甥。"男子说。

"我叫赛可，你好！"赛可愣了一下，"你要咖啡和茶吗？"

"咖啡，谢谢！"麦休说。

赛可换了颗咖啡胶囊，把咖啡端给麦休。

"你饿吗？这里有土司，我给你煎个鸡蛋？"赛可说。

"不，不用。咖啡，土司。"麦休指指餐桌。

赛可不再坚持，在餐桌旁坐下。

"我昨天夜里到的。"麦休解释。他有一头淡淡的褐色卷发，瘦削的脸庞衬托得鼻子更加高耸挺拔，眼睛更加深陷，就像古罗马时期的大理石雕像。

"我听到了。"赛可说。

"你来自中国？"麦休问。

"是的。"赛可点头。

"哪个城市？北京吗？"麦休又问。

"上海。"赛可说。

"唔！"麦休露出闪亮的笑容，"上海很漂亮！"

"你去过？"赛可问。

"没有，我很想去！"麦休说，"我想去中国读大学！"

"欢迎你！"赛可笑着说。

"我真的很想去,我很向往那里。"麦休说,"你好!"麦休竟然用中文说了"你好"。

"你会说中文!"赛可说。

"不,就一点点。"麦休露出牙齿笑着,"你好!再见!很高兴认识你!"他口齿不清地接连说着中文。

赛可被逗乐了。

"我说的对吗?"麦休问。

"很好。"赛可说。

"你教教我,从一到十怎么说。"麦休说。

赛可笑起来。

克里斯汀从厨房后门走了进来,麦休跟他打招呼,"嗨!老兄!"

克里斯汀点点头。

"我是认真的,你教教我。"麦休继续和赛可的话题。

赛可没有办法,只能"一二三四"跟他比划着,麦休跟着赛可一字一字念着。

"十!"赛可说。

"十!"麦休开心地笑着,略带稚气的笑容热情而纯真。

克里斯汀在厨灶边默默地站着,此时便转身上楼去了。

"你不住在利兹？"赛可问。

"不，我来出差。我暑假找了个餐厅的工作，公司要我来利兹出差，是因为我有自己的车。昨天工作结束太晚了，妈妈担心我深夜开车回家不安全，就让我来罗斯这里住一晚。"麦休说。

"你上大学几年级？"赛可问。

"二年级。"麦休回答，"你来利兹上学？"

"哦，我女儿来上学。"赛可微笑着说。

麦休张大了嘴，眼珠子都要瞪出来了，过了一会儿才努力把表情调整好，并且摆出若无其事的神情。

"你有女朋友吗？"赛可问他。

"没有，我不想要女朋友。"麦休说。

"为什么？"赛可问。

"我不喜欢英国女孩。"麦休说。

这下轮到赛可睁大了眼，"英国女孩怎么了？很漂亮。"

"不不不，"麦休在眼皮上方做了个扫动的手势，"她们整天只知道化妆打扮，一天到晚都在化妆，我不喜欢。"

"你学什么专业？"赛可问。

"学医。我不喜欢，但是我妈妈喜欢；我父母要我学医，他们就是医生，我想学考古。"麦休说。

赛可默默地点头。

"看，我的项链！"麦休从背心里拉出一个吊坠，"我祖母留给我的。"

"中国的？"赛可看到吊坠上是一个大大的"福"字。

"是的。"麦休兴奋地说。

"你是说，你妈妈的妈妈，给了你这个？"赛可问。

"是的。"麦休点着头。

"很漂亮。"赛可说。

"是的。我外婆，她只给了我。"麦休说。

赛可突然想到罗斯说过，她和爸爸感情很好，而罗斯的妈妈只疼爱罗斯的妹妹。

克里斯汀从楼上下来，回到了餐厅，默默地从冰箱里拿出食材准备做东西吃。

"你去过西安吗？"麦休接着问。

"当然。"赛可说。

"那个城市好吗？"麦休又问。

"你喜欢考古，我保证你会爱上那里的。"赛可说。

"我将来一定会去的。"麦休的眼神中充满了期待。

罗斯回来了，她一边解释说学校临时有事情，所以一早就去

了学校，一边着手给麦休做早午餐。

"不，不用，我表哥在做，我和他一起吃。"麦休毫不客气地说。

克里斯汀面无表情，没有说话。

"赛可，今天利兹有游行，你愿意看看吗？"罗斯问。

"当然，"赛可兴奋起来，"什么样的游行？"

"同性恋大游行。"罗斯说。

"哇哦！"赛可的好奇心被高高地吊起。

"利兹一年一度的传统，"罗斯说，"其实近几年越来越没什么意思了。不过，好吧，既然你感兴趣的话。"

"近几年，为什么？"赛可问。

"很多商家为了给自己做广告，也组织公司员工加入其中，你明白吗？那种感觉。"罗斯摇头。

"你想去吗？"赛可注意到麦休一直很关注地看着她们，于是随口问他。

"我可以一起去。"麦休不假思索地说。

"赛可，我们现在就走吧。"罗斯装作没听到麦休的话。

赛可冲麦休耸耸肩，跟着罗斯出门去。

利兹市中心的大道上洋溢着节日的欢快气氛，游行的通道被人群围得严严实实，罗斯和赛可就近爬上了一个灯柱的围栏架，架子上还站着另外两三个人，大家彼此间保持着平衡，这个位置站得高看得远。

游行已经开始了一会儿时间了，眼前是一群穿着白色 T 恤的中老年人，白 T 上印有彩虹图案，后面跟着五六个身着红色套装裙、脚踏红色矮跟皮鞋，身材窈窕的女性，走在外侧的两位女士各自挥舞摆动着一面长杆彩虹旗，看衣着气质，应该是航空公司的空姐。赛可的目光追随着空姐远去，回头时只见两位年轻的双胞胎姐妹近在眼前，她们穿着一模一样的红黑格子衬衫和黑色牛仔裤，共同拉着背后的一面彩虹旗，金褐色的长卷发随着她们大步流星的欢快步伐有节律地拍打着肩背，毫无顾虑的灿烂笑容吸引着路人不由自主地投去注视的目光。

一片鲜红的人群紧随其后，番茄红色的 T 恤印着白色的标语"我是多萝西的朋友"，为首的几位老人举着同样大小的白色标语牌，有的写着"爱你的长辈"，有的写着"没有地方能和约克沙比"，还有"狮子老虎和小鸟，我的天！"，"终结 LGBT 的社交孤立"……

（注：LGBT(lesbian, gay, bisexual, transgender) 即性少数群体，

也叫彩虹族群。2018 年 11 月 6 日开始，我国在联合国公开发表对 LGBT 群体的态度，"中方反对一切形式的歧视和暴力，包括基于性倾向和性别认同的歧视、暴力和不容忍现象。"）

一群白 T 松散地路过，后面同样是番茄红色的一群人，拉着"利兹工党"的旗帜。相隔一二十米，一辆白色奔驰货车缓慢移动着，车身披挂着彩虹气球，车厢上印着超市的名字"森宝利（Sainsbury's）"。

天空飘起了细雨，有行人撑起了雨伞，货车终于驶过，后面迎来了橙色的海洋，一看就是正规军。这支一两百人的队伍衣着统一，橙色 T 恤胸前是方形彩虹图案，走在前面的几位男士脖子上戴着彩虹带的哨子，为首的女性拿着喇叭冲队伍后面说着话，队伍第一排拉着和街道同宽的彩虹旗，上面说"我们自豪地支持 LGBT 社团"。队员要么摇着小彩旗，要么脖子上挂着彩虹花环，还有的头戴彩虹帽子，一阵欢笑嘈杂中，队伍的后面"嘭嘭"几声响，漫天的彩纸礼花飘扬在空中，人群中一阵欢呼。

此时一个金发短寸、身材健美的帅小伙凑在赛可身边——为了更好地观赏，他也忍不住爬上了围栏；同样帅气的同伴在下面支撑着他，小伙轻拍同伴的脖颈，赛可看着他们脸上的图案，不由地为女性朋友感到一阵惋惜。

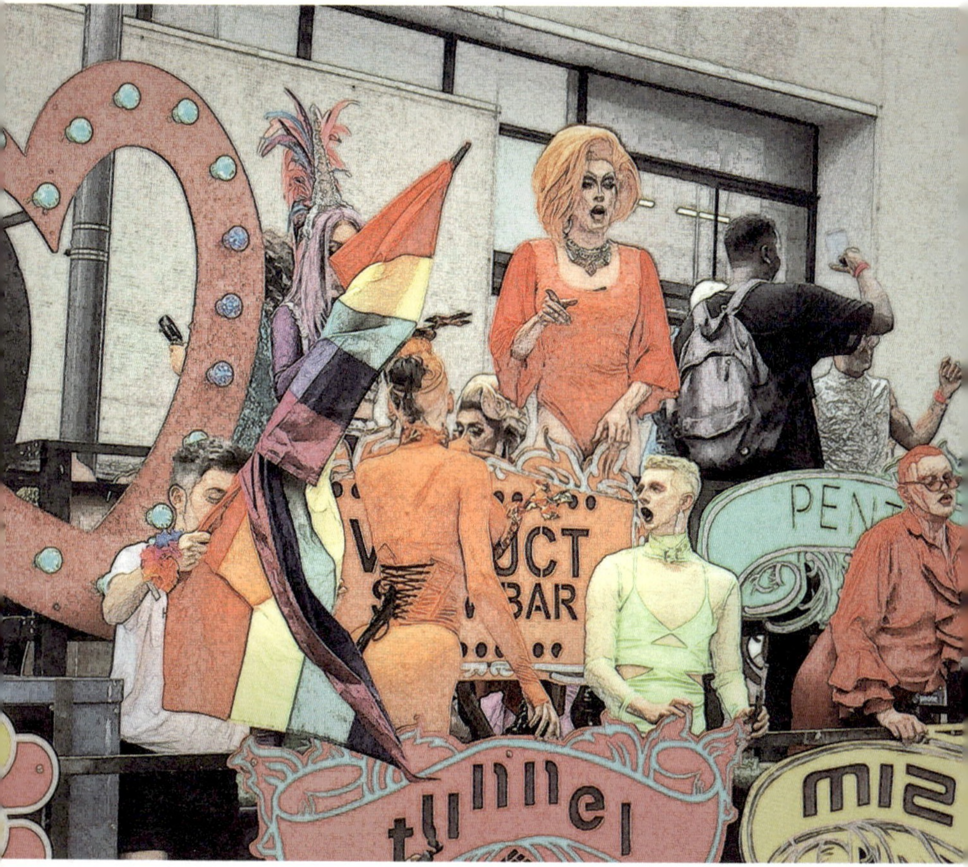
BAR
tunnel

在高举粉蓝相间的彩旗、拉着"抵制仇恨"标语的人群之后，迎来了一批"嘉年华"女郎，她们身着色彩鲜艳浓烈的各式裙装，戴着夸张的又黑又长的假睫毛，头上插着高耸的羽毛，摇曳着身体翩翩而过。

突然，人群中一阵骚动，路人纷纷从衣袋、包袋里掏出手机、相机，赛可只觉眼前一亮，一群赤裸着上半身，拥有着健美身材的型男队伍走了过来，他们个个有着八块腹肌，发型竟然还是基本一致的短寸，显得干净又健康阳光，几个男孩戴着风格粗犷的项链，搭配胳膊或者颈后的文身图案，令人不由地暗暗感叹这"力量与美"。大妈们露出了洁白的牙齿，连大爷们也目不转睛，年轻人更是频频地按下手中的快门。人类对美的需求和感受是相通的。

紧接着一辆花车缓慢地行驶了过来，一对大大的爱心形霓虹灯矗立在彩车两侧，上面站满了奇装异服的人，夸张的造型和肢体语言，让人有种置身于巴西狂欢节的错觉。

随着各大公司组织的队伍依次行进而过，画风也整齐有序了很多，罗斯示意没什么可看的了，于是两人从围栏上跳下来。

"去旁边的商店逛一下吧！"罗斯说。

罗斯对于家居家饰有着无穷的热情，总是能兴致盎然地逛上很长时间。赛可也有喜欢的一些瓶瓶罐罐、相框抱枕，一想到要千里迢迢地捎带着这些杂物，便只好作罢。

傍晚回到家里的时候，罗斯的侄子已经离开，只有克里斯汀一个人在，罗斯和赛可跟他讲述游行的场面。

"我都说了，现在的游行没意思了，很多公司参与其中，就为了做商业广告。"罗斯跟克里斯汀抱怨着。

"英国人似乎很热爱文身，我看到许多人身上都有。"赛可说。

听到这里，克里斯汀立即把自己的背心撩起来，露出腰侧给赛可看，"哇哦！"赛可低声惊叹，"你也有！"

"亚历山大也有！"罗斯说。

"这是英国文化的一部分吗？"赛可思忖着说。

"中国文身的人不多吗？"罗斯问。

"不，不多。在我们的文化里，文身给人不好的印象，就像黑社会——坏家伙。"赛可笑着说，"中国家庭一般也不允许孩子文身。"

她想说："身体发肤受之父母，爱护自己，免受伤害疼痛就是孝敬父母的一种表现；在古代，犯人的身体上才刺青。"

"疼吗？"赛可看着克里斯汀。

"是的。"克里斯汀带着无所谓的表情。

"什么时候做的？"赛可问。

"17、8岁。"克里斯汀歪着头说。

"也许，要的就是疼痛的感觉。"赛可心想，"青春总是疼痛的，就像成人礼。"

"他们兄弟俩很像，"罗斯说，"亚历山大以前也是长发，失恋后剪掉了；现在复合了，后悔了。"

"你喜欢他长发吗？"赛可问罗斯。

"我很替他惋惜。"罗斯拿起桌上的手机，"看，这是他留着长发的照片。"

照片上，亚历山大头上编着许多小辫子，并在脑后扎起一个粗粗的马尾，戴着他出门时打扮的鼻环，个性十足。不过在赛可看来，现在的寸头才是干净帅气的阳光大男孩。

吃过晚饭，天色尚早，罗斯开始动手做蛋糕。在赛可眼里如此复杂的事情对于罗斯来说就像喝茶一样轻松，完全不需要参看烘焙书或者用电子秤给各种原材料一一称重，罗斯只是拿起鸡蛋、奶油打发、混合，一会儿工夫就把烤盘送进了烤箱。

香味徐徐飘散，弥漫房间。

"明天是亚历山德拉的生日。"罗斯对赛可说,"她的好朋友特意从罗马尼亚赶来为她庆祝,顺便在利兹玩上几天。"

"已经到了吗?"赛可问。

"是的。"罗斯说,"我一会儿把蛋糕送过去。"

"亚历山大太幸福了——有你这样的妈妈。"赛可说。

罗斯露出自豪的微笑。

"你是不是有点偏心?"赛可笑着问。

罗斯收起了笑容,"克里斯汀,只要他找一个女朋友,我也会为他做这些的。"

罗斯走了好大一会儿还没有回来,赛可正准备上楼,克里斯汀牵着波罗散步回来了,波罗心情很好,叼着球围着赛可转来转去。赛可把球抢过来扔到院子后面,波罗兴奋地追逐,赛可拿起一个飞碟,波罗看了又跑过来抢,叼着飞碟不松口,赛可也不松手,带着波罗就像打秋千那样荡来荡去。可能是散步消耗了体力,笨重的波罗一会儿就显露疲态。克里斯汀看到罗斯刚刚做蛋糕时丢弃的鸡蛋壳,就捡了几个蛋壳扔给它,波罗像吃饼干一样"嘎嘣嘎嘣"嚼着。

"还可以这样!?"赛可很惊奇。

"耶，他很喜欢。"克里斯汀笑道。

赛可突然想起了什么，她走到冰箱前从里面拿出一个鸡蛋，"知道这个游戏吗？把鸡蛋立起来。"

克里斯汀愣愣地看着。

"就像这样，"赛可比划着，"让鸡蛋站在桌子上。"

"你可以吗？"克里斯汀问。

"当然，我可以。"赛可说。

克里斯汀立即来了精神，尝试着立起鸡蛋。他极具耐心，小心翼翼，聚精会神，在桌子的不同位置，用不同的姿势研究着这颗鸡蛋。赛可站在一旁忍住笑，假装很认真地在看。

"这个做不到。"克里斯汀终于磨光了耐性。

"既然让你玩这个游戏，就说明能做到。"赛可说。

"你竖起来给我看看。"克里斯汀说。

"明天吧，"赛可耸耸肩，"你今天晚上睡不着的时候，可以好好琢磨琢磨，打发时间。晚安！"

"晚安！"克里斯汀说。

22

赛可听到罗斯一大早就出了门，最近学校有很多事情要处理；因此她便赖在床上，下楼的时候已经快晌午了。

她打开炉灶煮了一个鸡蛋，煮熟以后用凉水冲了，擦干，然后从冰箱又拿出一个生鸡蛋放在一旁；接着她走出厨房后门，来到房车前敲了敲门。

克里斯汀出现在她面前，睡眼惺忪。

"今天是我生日，快起床！"赛可说。

没等克里斯汀回过神，赛可笑笑走开了。

克里斯汀进屋的时候，赛可正好把那颗温热的熟鸡蛋立了起来。他惊异地瞪大了眼睛，来回看着鸡蛋。

"这不可能！"克里斯汀歪着头盯着鸡蛋。

"也许昨天不可能，但是今天可以。"赛可看着克里斯汀的眼睛，真诚地说道。

"为什么?"克里斯汀问。

"因为今天我生日,生日这天就是这么幸运!"赛可拿起了鸡蛋。

克里斯汀摇摇头,拿起另一颗鸡蛋重新开始了尝试。

赛可拿起手机给罗斯发信息:"罗斯,我可以让克里斯汀和我一起出去吃午饭吗?"

"当然可以,去问他!"罗斯很快回复。

赛可正在回复"谢谢你!",只听克里斯汀大喊一声:"我做到了!"她扭头看过去,只见鸡蛋定定地立在桌子上。

"这不可能!"这次轮到赛可惊讶,她看看自己手中的鸡蛋,自己一直攥着这个熟鸡蛋的。

克里斯汀开心极了!

"无论如何,生鸡蛋是立不起来的。"这个念头一直在赛可的脑子里重复。但是,看到克里斯汀胜利的笑容——"还有什么比这笑容更让人欣慰的呢?"赛可心想。

"克里斯汀,我刚刚跟罗斯说了,今天中午我请你吃饭,你可以问问她。哦对了,别跟她说我生日的事。一定帮我找一家好点的餐厅,嗯,就是你最喜欢的那种。"赛可说。

克里斯汀点点头,飞速上楼洗漱。

克里斯汀带赛可来到市中心一家意大利餐厅，就在谷物交易所旁边，偌大的餐厅里还没有客人，光线有些暗沉，餐厅中央高耸着一个披萨烤炉，橘色的火光透出餐厅里仅有的生气。

他们随意找了位置，相对坐下，高大的年轻店员很快走过来为他们服务。

"东西你随便为自己点，"赛可说，"也许，你可以为我推荐一下。"

点过食物，两人便各自刻意地掏出手机来看；吃饭的时候也并无交流。赛可寻思着让克里斯汀破费打车，只吃一顿饭有点对不住他，于是便说："吃过饭请你喝下午茶。"克里斯汀欣然应允。

从餐厅里出来，克里斯汀带着赛可逛起了谷物交易所内的小商店。他在几家个性潮牌店看了又看，试了几件 T 恤和外套，在文身店看了墙上新出的图样，在古董相机店似懂非懂地琢磨了一番。

走出谷物交易所的时候，天空中已经飘起了细雨，雨丝和着微风吹到脸上，有一丝丝酥麻的触感。

赛可走在克里斯汀身后，跟着他左拐右拐，有些地方似乎眼熟，感觉上又很陌生，到了赛可熟悉的商场，没有直接走进去，而是走进了一楼一个不起眼的昏暗小门厅，乘着电梯直接来到了顶楼。走过餐厅独有的昏暗的通道，眼前豁然开朗，整个酒吧餐

厅是一个透明的玻璃房，餐厅中央是水吧，周围环绕摆放着沙发桌椅，有三面室外露台，落地玻璃房外是错落起伏的商场的玻璃天顶，再远处是古旧的教堂钟楼。餐厅的整体风格简洁时尚明亮，和室外建筑风格浑然呼应。电子音乐和着客人的谈笑声，氛围轻松愉快。

两人相对着坐下来，女服务员立即过来招呼客人，点好茶和咖啡，两人又开启了手机模式。克里斯汀脸上带着兴奋的神情，在手机上聊着什么，一会儿情不自禁地笑着，一会儿又隐蔽地用手机对着"桌子"拍照，拍完后若无其事地喝口红茶，看到朋友发来的信息又禁不住微笑。赛可感觉自己入镜了，有些不大自在，她欠了欠身体，下意识地端起了咖啡看了一眼克里斯汀——他正聊得火热，似乎对方是他最好的哥们儿。

她想起了去年这个时候，有一次和几个女性朋友去卡拉OK唱歌，其中一个朋友中途打电话叫来了一位男性友人，大家对此异性并不认识，这位男士在独自坐了一会儿之后便掏出手机对着她们拍照。几位朋友面露不悦，赛可更是直接上前请这位男士删除照片，在亲眼看着照片被一张张删除之后，赛可才回到座位坐下。

现在想来，真是多此一举——智能手机的时代，她当时竟忘了废纸篓里的照片是可以恢复的；即便是自己的手机，也难保不

被各种应用程序监测和窃取信息，个人的隐私权正在越来越广的范围内受到侵犯……

赛可的思绪被旁边一阵窃窃的欢声笑语打断，她扭过头去，年轻漂亮的女服务员和水吧的两位年轻男性调酒师说笑完毕，正转身离去；此时其中一个男生顺势拍了拍另一个男生的屁股，两人随即用小动作嬉戏打闹起来。两人一个白净，一个留着络腮胡戴副黑框眼镜。

赛可为自己和克里斯汀又点了同样的茶和咖啡。

临走的时候，赛可把小费放在了桌子上。

"太多了，你确定吗？"克里斯汀说。

"是的。"赛可说。

从另一部电梯下来，就直接进入了商场一层。转了一圈之后，赛可发现自己置身于她非常喜欢的商场——维多利亚门（Victoria Gate）。

这家商场曾在法国戛纳被国际 MIPIM 大奖评为年度全球最佳购物中心，还被皇家英国建筑师事务所（RIBA）评为约克郡建筑大奖。商场是现代化的建筑风格，由于沿用了维多利亚时期建筑的关键元素，便和附近的维多利亚区（Victoria Quarter）高档

商场形成了古典与现代风格的交相辉映，使古老建筑的灵魂得以延续到了现代建筑。

钢筋网格的玻璃天顶线条优美流畅，所有线条汇聚而成一个漏斗形的中央天幕，就像一朵在天空中绽放的向日葵；内外墙是不同材质的褶皱造型，从旁边走过的时候，就像行走在音乐的韵律之中；从中国运来的十几种花岗岩铺设的深浅交错的"人"字纹地面，呼应着利兹的纺织业历史；就连拱廊上金灿灿的金属吊灯也被设计制造成约克沙的象征——约克玫瑰。黑白色调结合繁复流畅的无处不在的线条和光影，形成了既简约又复杂的奇特视觉感受。能够把历史文化和美学全都凝练融合进一所建筑之中，这样的建筑就更显价值与珍贵，单是欣赏建筑本身就足够琢磨品味一个下午的时光了。

赛可和克里斯汀走进一家饰品家居店，里面陈列着各种小众品牌的精品布艺、餐具等商品。赛可对着一些字母陶瓷马克杯"研究"了起来——杯子做工精细，图案精致，让人爱不释手；赛可拿起一个大写的"K"杯走向收银台。收银的店员非常热情，仔细包好了水杯。

克里斯汀若即若离地跟着赛可，一边看着手机。

接着，赛可走进了卖胶囊咖啡的门店，选了几种不同口味的

咖啡买单。

"我们都是在超市买！"克里斯汀说。

"既然，都遇到了。"赛可说。

喜欢逛街的赛可没进服装店，她觉得，男生陪女人逛街可并不有趣，于是和克里斯汀打车回家。

司机是一位印度裔中年男子，性格热情开朗，一路上和赛可他们闲聊着。赛可的心思并没有在聊天上，克里斯汀用手机叫的出租车，这让她有些内疚，来回的车钱都让克里斯汀破费，也没见他出去工作，他又有什么经济能力呢？到了家门口，克里斯汀下了车，望着在车里一动不动的赛可。

"到地方了。"司机说道。

"我知道，我只是想要付车费。"赛可犹豫着，该怎么让克里斯汀取消手机支付。

"我们这里都是手机支付！"司机和克里斯汀自豪地说，"已经付过了，手机，手机。"

"好吧。"赛可无奈地下车。

傍晚罗斯回到家，赛可把胶囊咖啡送给她，"我不知道你会喜欢哪种口味，多选了几样。"

"让我们慢慢尝试。"罗斯满意地说。

"看，还有这个，"赛可拿出马克杯给罗斯和克里斯汀看，"这个送给克里斯汀怎么样？是他名字的首写字母呢！感觉这个字母的杯子特别好看，就买了。"

"哦，"罗斯迟疑片刻，"克里斯汀不是这个字母，是C。"

没等罗斯说完，赛可马上醒悟过来，"是的，我怎么糊涂了呢？"杯子是陶瓷马赛克贴面的，还有金色电镀的几何碎片，有种皇家的异域风格，实在是符合克里斯汀喜欢的风格。

克里斯汀并不表态，只是在一旁听着。

"还是应该送给你，"赛可略有遗憾地说，"或许，你可以把它看作是王者（KING）的简称，拳王！"

克里斯汀开心地笑了。

23

克里斯汀起得很早，很少见他这么早起床。

简单吃了点东西之后，克里斯汀对赛可说他要带着波罗散步，问赛可要不要一起去。

"当然愿意。"赛可回答。

上午的时光异常宁静，整个街区的行人似乎都消失了。

"蓝蓝的天空白云飘"，赛可仰望天空，脑海里回荡起了孩童时期语文课上的朗读声。克里斯汀牵着波罗走在前面，赛可不远不近地跟着；逐渐走出他们所居住的街区，是赛可完全陌生的一片区域。

"那里，"克里斯汀指着不远处一座红色的房子，"我曾经和朋友租住过。"

"哦！"赛可扭头望去，"很漂亮。"

往前走，克里斯汀又指着一处院子，"那里是幼儿园。"

"很可爱。"赛可说。

继续往前走了几步,克里斯汀回过头来,"你有个女儿,对吧?想她了吧!"

"是的,"赛可不禁微笑起来,"很想念,她在布里斯托。"赛可掏出手机,找到女儿的照片,快步走到克里斯汀身边,"看,她的照片。"

克里斯汀的神情好奇又认真。照片上,小女孩扎着马尾,自来卷的碎发贴在额头上;她穿着雪白的纱裙,手里拿着一朵洁白的茉莉花,黑亮的眼睛里满是可爱俏皮,微侧着脸庞像在竭力地倾听和分辨着什么声音。

"这是去参加宴会吗?"克里斯汀问。

"不不,是日常出门玩耍。"赛可说,"这是幼儿园时期的照片,她现在已经小学毕业。慢慢长大了,就不喜欢让人拍照了。"

克里斯汀好像对这些情况早已了然,两人于是重归沉默。

又走了不多时,路边有一个深宅大院,大院旁边是一条通往花园的道路,克里斯汀牵着波罗往花园里走。穿过入口处的过道,来到一个古典庭院,红色的地砖,狭长的罗马式喷泉水池,水池四周摆放了大叶植物盆栽,外侧是密密丛丛的各种花草植被,由低到高形成了丰富的层次,两层叠放的立柱式白瓷喷泉水

池立于罗马水池一侧，整个庭院作为花园内相对独立的空间被修剪的整整齐齐的树墙环抱着，树墙的出口处摆放了木质连椅，真是一个在午后阳光下读书的好去处。

除了两个人一条狗，庭院里并无其他人；喷泉一直在欢快地流淌，毫不在意有没有人来欣赏它，整齐细密的水流就像一排排优雅的水晶项链，在阳光下晶莹动人。

走出这个庭院，视野倏忽一下开阔了起来，一片池塘被一座木桥分隔成两个区域，一边的池塘岸边有一座小石屋，屋顶爬满了开着白色花朵的植物，像是爬藤茉莉，茂密厚重，正好给石屋搭了一个天然绿色的屋檐，与深绿色大门和四个绿窗协调优美，门前石径曲折，繁花盛开。

另一边像是做了一个小型水力发电站的景观，景观一侧是一座两层高的岩石城堡，周边是高大的树丛。

"你想住在这里吗？"赛可看着城堡问克里斯汀。

"是的。我喜欢城堡，你呢？"克里斯汀说。

"我喜欢那个小石屋。"赛可说。

是的，她不喜欢这个城堡，那里看上去封闭又幽暗，就像许久以来一直关着一个老灵魂。

"很不错，你住那里，我住这里。"克里斯汀开着玩笑。

波罗在一边摇起了尾巴,仿佛感受到了主人的开心。

从花园出来,赛可再一次打量着那个深宅大院,"这座房子的位置真好,紧邻这个漂亮的大花园。"

"周边所有这些地方都属于这个家族。"克里斯汀说。

穿过花园门前的主干道,路过一处壮观的石房,由一块块岩石垒砌起来的房子显露出坚固嶙峋的质感。走过这座石房,眼前是一个豁然广阔的绿地公园,这是欧洲最大的城市公园之一,圆垛公园(Roundhay Park)。公园拥有700公顷土地,草地翠绿、湖光粼粼、苍松翠柏、坡岭相叠。早在13世纪,这片土地是德·雷曦(De Lacy)家族的私家狩猎场——征服者威廉(William)赏识德·雷曦家对他的忠诚,便把这片土地赐予了这个家族。此后,这片土地几经转手,到了18世纪末由利兹地方政府以13万英镑购买其所有权,开发成为城市公园。

克里斯汀带着赛可沿湖边的小路漫步。

"这里边有很大的鱼,"克里斯汀说,"但是我不在这里钓鱼。"

"为什么?"赛可问。

"这里是死水,钓上来的鱼不能吃。"克里斯汀说。

克里斯汀的电话响了,是罗斯打来的,"在公园,是的,是

的……"克里斯汀一边走一边跟罗斯说着话。

赛可跟在后面,放慢脚步。

克里斯汀接完电话,回头对赛可说,"那边有一个废旧的城堡,你想看看吗?"

"好的。"赛可说。

走出湖区,就可以看到不远处的高地上矗立着那座破旧的城堡,赛可感觉它更像是古时候的瞭望台或者城门一类的建筑,被大片浓密森暗的树林环绕着,只露出正面的门脸。形似教堂的石门上方有两个类似壁龛的凹陷的十字架,两边柱形的建筑主体上开有细长条形状的窗户。他们向城堡走过去,快接近它的时候,赛可停下了脚步,她被一棵形态奇特的大树吸引了目光。这棵树虽然枝干遒劲,但是好像折了一般,从主干分叉的位置,也就是整个树冠,都往一边歪斜下垂,茂密的枝丫、树叶沉重地撑在地面上,只有两根纤弱稀疏的树枝努力地往上生长。

克里斯汀发现赛可定在那里,往回走了几步,笑着说,"这是我最喜欢的一棵树。"

"很独特。"赛可说。

"就像我。"克里斯汀说。

"为什么?"赛可忍不住问。

"断掉了。"克里斯汀回答。

……

克里斯汀牵着波罗跑到坡顶的小城堡，站在门前冲赛可挥手，赛可快步跟上，拾级而上。大门里面是一个黑暗阴森的所在，左右两边是小小的封闭空间，就像门房，并且可以直达顶层平台。只是年久失修，应该没有什么人会上去了。

穿过城楼再往上走是一片树林，挺拔高大的树木把整个区域笼罩得密不透风。一棵大树有几人环抱那么粗，树根就像被连根拔起一样腾空而起，在树根底部形成一个巨大的空洞，不知是年久土壤流失导致根部裸露，还是根系主动往外长成这样。虽说这里遮天蔽日，可是一点没有潮闷的感觉，反倒是阴凉清爽，连波罗都显得心情愉快。

罗斯又打来了电话，似乎是来到了公园，却找不到克里斯汀他们。克里斯汀和赛可便穿过树林去和罗斯会合。

从树林里走出来，远远地便看到罗斯从草地另一边走过来。

"我在家做了三明治。"罗斯背着一个大包，有些气喘吁吁。

"给波罗买水了吗？"克里斯汀问。

"买了，给你。"罗斯打开包，先把水拿出来，然后又拿出一张毯子，赛可见状赶紧帮忙在草地上把毯子铺好。罗斯接着拿出

了一些餐盒，里面有三明治、蛋糕和一些小食。

"怎么买了这个牌子？"克里斯汀皱着眉头。

"怎么了？"罗斯挑着眉低声问。

"没什么。"克里斯汀说。

气氛有些不太对劲，赛可赶紧拿了一块蛋糕塞进嘴里，眺望着远处。

波罗从一旁叼起飞碟丢到赛可面前，赛可于是和它玩了起来，她把飞碟扔得远远的，波罗开心地追过去，再叼着回来丢给赛可，来来回回不知疲倦。

罗斯有些惊讶，她不明白，从何时起波罗跟赛可这么亲密了。她一直默默地看着，克里斯汀也默不作声地看着。

"赛可，午餐是不是太简单了！"罗斯突然说。

"不，很好，在阳光下野餐，很美好！"赛可把飞碟奋力一扔，"我们下午就在这里晒太阳吧！"

"我要去花市，你和我一起吧。"罗斯说。

"我更愿意呆在这儿。"看着拼命奔跑的波罗，赛可不经意地说。

"我们走吧！"罗斯提高了音量，"我觉得我们还是去餐厅来杯咖啡。"正说着，罗斯便开始收拾东西。

赛可和克里斯汀也站了起来，波罗不解地望着他们。

草地一边的高地上，就是赛可和克里斯汀来时的方向，有一家餐厅。室外坐着三三两两的客人，大都带着爱犬，边喝咖啡边晒太阳。罗斯他们也在室外找了张餐桌坐下来，在这里可以俯瞰整个公园，绿地中央一条笔直的大道，整洁开阔，满眼纯净的绿色，令人心旷神怡。

罗斯跟克里斯汀耳语着什么，赛可起身去洗手间；等到回来的时候，克里斯汀已经不见了踪影，连同波罗一起，都不见了。

"赛可，你要喝点什么。"罗斯问。

"咖啡。"赛可说。

"只要咖啡吗？"罗斯问，没等赛可回答，她便自言自语着，"我要来个松饼。"

"克里斯汀呢？"赛可忍不住问道。

"走了。"罗斯说。

"他不吃点东西吗？刚刚他可什么都没吃。"赛可说。

"不用管他。"罗斯的语气轻松了起来。

毫无征兆，豆大的雨滴落了下来——出着大太阳下起了大颗的太阳雨。室外的客人纷纷躲进餐厅，罗斯和赛可也急忙转移到

室内。

屋里太闷了,虽然有漂亮的大吊扇晃晃悠悠地扇着风——赛可很不喜欢。

从餐厅出来,雨已经停了。

罗斯的车停在大道旁边,斜对面就是那个内有城堡的小花园。车子开过的时候,赛可往里面瞥了一眼,她想跟罗斯说这个花园很美,却什么都没说。

回到家里,依然没有克里斯汀和波罗的身影。

赛可回到卧室,在床上躺下,"下午时光就这么打发了?"想到这里心中一阵憋闷。

楼下传来轻快的音乐,"罗斯不去花市了吧?"赛可想。

赛可躺在床上辗转反侧,眼前浮现出克里斯汀的笑容,然后耳边回响起"它折断了,就像我"。捉苍蝇的时候他也说过类似的话。她又回想着罗斯背着大包走过来的样子,还有皱着眉头说:"你下午和我去花市吧!"

赛可感到一阵委屈,克里斯汀的笑容是那么的珍贵,他需要别人的善意和关心,他们成为朋友有什么不对吗?至少在她呆在这里的有限日子里,克里斯汀开心就好了!而现在,她却像做了

什么不应该的事情……她深入自己的内心,探索着,质问着:"你是单纯的吗?"她有点恐慌,不敢多想。罗斯的态度也让她对自己产生了怀疑,想到这里,于是愤怒起来:"我完全可以无视克里斯汀,这于我何干呢?这是你们的生活。天呐!我已经不再年轻了,罗斯在想什么呢!从现在开始,我就可以当他不存在!"这么想着,一滴眼泪滑落下来。

她从床上坐起来,穿上鞋子,准备到楼下跟罗斯讲个明白,讲她的初衷、她的关切、她的坦荡以及罗斯的敏感多虑。

走到门口,赛可突然觉得自己很可笑,"罗斯根本不关心你是怎样的,你对他们同样不重要。"想到这里,赛可就像一个泄了气的皮球,重重地倒在了床上。

"不行,我必须要做点什么!"赛可拿起手机,搜索起了英国地图,看了半晌,拨通了朋友的电话。

"赛可,你还好吗?"电话那头问道,"抱歉,这阵子太忙了,一直没有跟你联系。你和罗斯一家相处得好吗?"

"挺好的,你不用担心。"赛可说。

"哦。"电话那头一阵沉默。

"真的挺好的!"赛可继续说,"罗斯做饭很好吃,我也给他们做中餐,她的家人也很好;每次逛街我也会买礼物给他们。"

"这样啊！那你们相处得挺不错。"朋友语气中带着一丝的犹疑。

"而且，罗斯很成熟，很会照顾人。"赛可说。

"可以想象——"电话那头传来了轻轻的笑声，"你在她面前就像个小女孩。"

赛可"嘿嘿"笑了两声，"我打电话是想告诉你，我感觉一直呆在利兹有些可惜了，想去英伦北部走一走。我研究过了，从利兹出发一路北上，到爱丁堡呆上两天然后掉头南下去湖区国家公园，几天后继续南下到你所在的城市伯明翰游览两天，再到布里斯托接上女儿到伦敦，假期就这么愉快地结束了。"赛可一口气说完，就像描述着一个宏伟的计划。

"听起来挺不错，但是你独自一人我可不放心。"朋友说。

"哦，那我们结个伴，你顺便给自己放个假吧！"赛可哈哈地干笑着。

"我倒是也感兴趣，只是忙得走不开；我建议你还是慎重考虑。"朋友又说。

"我唯一对自己没有信心的地方就是——不认路，地图上看着 so easy（如此简单），上了路就成了路盲，连我女儿也对我这一点不放心。"赛可说。

"所以，还是不要独自行动吧！以后有机会了朋友们一起自驾游，这样游览得更尽兴。"

赛可的计划就这样轻轻一吹就破了，像个七彩的小泡泡。挂了电话，她怀疑自己是不是太矫情了，如此小题大做，就像不愿长大的爱赌气的孩子。"玻璃心？你应该感到羞愧！"她在心里指责自己。

夜晚，雷声大震，闪电就像要撕裂天空。

赛可被雷电声震醒，心有余悸。疾风骤雨吹打冲刷着房屋和大树，雨声忽远忽近，窗户内外忽明忽暗，滚滚的雷声久不停歇。

不知睡在房车里的克里斯汀怎么样了，刚刚那个巨响的炸雷会不会令他没有安全感？这么强烈的闪电会不会击中他的房车？骤然降低的气温会不会令他感到寒冷……

24

    清晨，经过整夜的电闪雷鸣、风雨冲刷的天空一尘不染，蔚蓝明净。被打落的树叶凌乱地洒在院子里，罗斯和赛可种的花草被大雨冲刷得东倒西歪，倒是早已干枯萎靡的毛竹稍显精神了一些。

    吃过早午餐，罗斯就去学校了。

    赛可坐在餐厅里，感觉时间一分一秒地过去。自从来到这里，她第一次感到孤独，就连波罗都了无踪影。

    房间里没有一丝生气。

    赛可不知道怎么熬过的上午，她等着克里斯汀起床，等着问他想吃什么，动手做饭用来打发时间是个不错的选择。眼看着时间滴滴答答地过去，却还是没有任何动静。难道他昨晚没有在家？不会的，他不在家的话，波罗一定在。一个小时过去了，又一个小时过去了，赛可回到了卧室。

再次下楼冲咖啡的时候，时间已经是下午四点多钟了。喝完一杯咖啡，赛可又回到楼上，正要走进房间的时候，突然感觉自己忽略了什么。她停下脚步，向旁边房门看去——房门紧闭！亚历山大平时不在家，门都是敞开着的。

赛可像是下了会儿决心，敲响了房门。

房门打开，一张苍白的脸出现在眼前！

"你还好吗？已经下午四点钟了，你还没有吃饭。"赛可在惊慌中说道。她从未见过如此苍白的克里斯汀，他的脸就像被折磨过一番，额头上出现了一道道纹路，平时精致的发型也显得凌乱，嘴唇没有一丝血色，充满血丝的眼睛中满是疲惫。

"没什么，我只是累了。"他无力地说。

"真的吗？"赛可吃惊地看着他，目不转睛，"我很担心你！已经一天了，你什么东西都没吃！"确切地说，从昨天中午到现在，他就没有露过面了。

"要我给你做点什么吗？我这就去。"赛可说。

"不用了，我没事。"克里斯汀说着轻轻掩上了房门。

赛可回到房间，心中百般不是滋味，她在床上坐下，"克里斯汀经历了什么？为什么突然之间有这么大的变化？是被全身的疼痛折磨至此吗？真是一日如三秋的沧桑……"

正在此时,她听到隔壁房门打开,克里斯汀下楼去了餐厅,接着是开关冰箱和锅碗瓢盆的撞击声。这很令人感到安慰!

她不想下去打扰他……

晚饭时分,克里斯汀又不见了,赛可感觉他似乎刻意躲着罗斯和自己。

"赛可,我们今晚去酒吧坐一坐吧。"饭后,看时间还早,罗斯提议。

开车穿过整个市中心,到达城市的另一端,罗斯找了一条僻静的街道停车,和赛可步行来到主街道旁边的一家酒吧。

推开酒吧大门,喧嚣扑面而至,爵士乐的轰鸣声使得赛可整个人瞬间就醒了过来,与外面的清冷宁静仿若完全不同的两个世界。酒吧里座位都已坐满,以至于吧台前方的空地都站满了人。罗斯先在吧台买了酒,和赛可站立片刻,吧台一端临街的落地窗的位置空出来了,罗斯眼疾手快招呼赛可过来坐。赛可坐上高脚凳,把红酒放在吧台上,这个狭窄紧凑的小空间令人感到舒适,既相对独立又紧邻乐队。赛可侧身就可以和乐队正面相望。乐队身后有一张黑板作为背景,上面用白色的粉笔写着大大的艺术字体"欢迎 来到 LS6 咖啡",下面有主菜单和一周内的演奏安排,

旁边墙上挂着六个圆形时钟，组成了一面背景墙，钟表是金色或银色的金属材质，造型各有特色，有放射金色光芒的太阳，有花朵，还有一个造型独特——就像印第安人头上的彩色王冠。

赛可惊讶于乐队娴熟的演奏技艺，不敢相信这只是一个普通酒吧的乐队水平。

在上海，酒吧驻演通常是国外走穴的小型乐队，东南亚的乐队很常见，欧美的乐队近年越来越多，本土乐队则少之又少，大概是因为国内爵士乐的发展在之前有过断层时期。

爵士乐是中国第一支舶来音乐形式，这种19世纪发源于美国南部的黑人音乐来到中国，可以追溯到民国时期的上海、大连和重庆。就在去年冬天，母亲生日那天，赛可还带她到上海和平饭店的酒吧去欣赏老上海风情的爵士演奏。

这家酒店在夜色中有着翡翠宝石屋顶，是上海滩名副其实的地标，它还拥有一支闻名全世界酒店业的老年爵士乐队。乐队成员平均年龄82岁，和赛可的母亲年龄相当；他们从事音乐事业已经有半个多世纪，被誉为"艺坛常青树"。老乐手们特别擅长演奏国内三四十年代的爵士名曲以及世界各地的名曲，真正成就了"不老的传说"。这里的酒吧接待过不计其数的来自世界各国的嘉宾，卓别林大师曾是这里的常客，英国女王伊丽莎白二世，

法国总统密特朗、马克龙和美国总统克林顿、奥巴马都曾到访这里，欣赏过他们出色的演艺。1996 年，和平饭店老年爵士酒吧还被美国《新闻周刊》评为世界最佳酒吧之一。

那晚，赛可和病中情绪低落的母亲坐在吧台，欣赏着对面这支银发乐队的动人演奏，整晚没有说一句话。演出结束回到楼上房间关灯睡觉，黑暗中母亲只说了一句话："赛可，让我亲亲你吧？"说着，便扭头在赛可的脸上轻轻一吻。彼时，赛可不语装睡着了，母亲从未有过这种表达，她不知道该怎么回应……

一曲结束，乐队换了欢快的曲子，把赛可的思绪拉回了这间酒吧。小号嘹亮的曲调百转千回，电子钢琴的旋律恣意挥洒，鼓点密集躁动，贝斯和低音提琴低沉稳重，酒吧喧嚣鼎沸；这时，萨克斯手站立在旁作势休息，令赛可意外的是，一位头戴鸭舌帽的老人从乐队旁边的餐桌站起来，拿起萨克斯瞅准了节奏加入到演奏中。老人不是乐队的一员，分明就是来酒吧喝酒的客人，好像突然有了兴致，于是就开始了某种技艺的切磋。老人将萨克斯吹得悠然潇洒，许多客人手上已经没了酒，就那样双手抱在胸前，或者手插在裤子口袋里，定定地和乐手们面对面站着，看着。

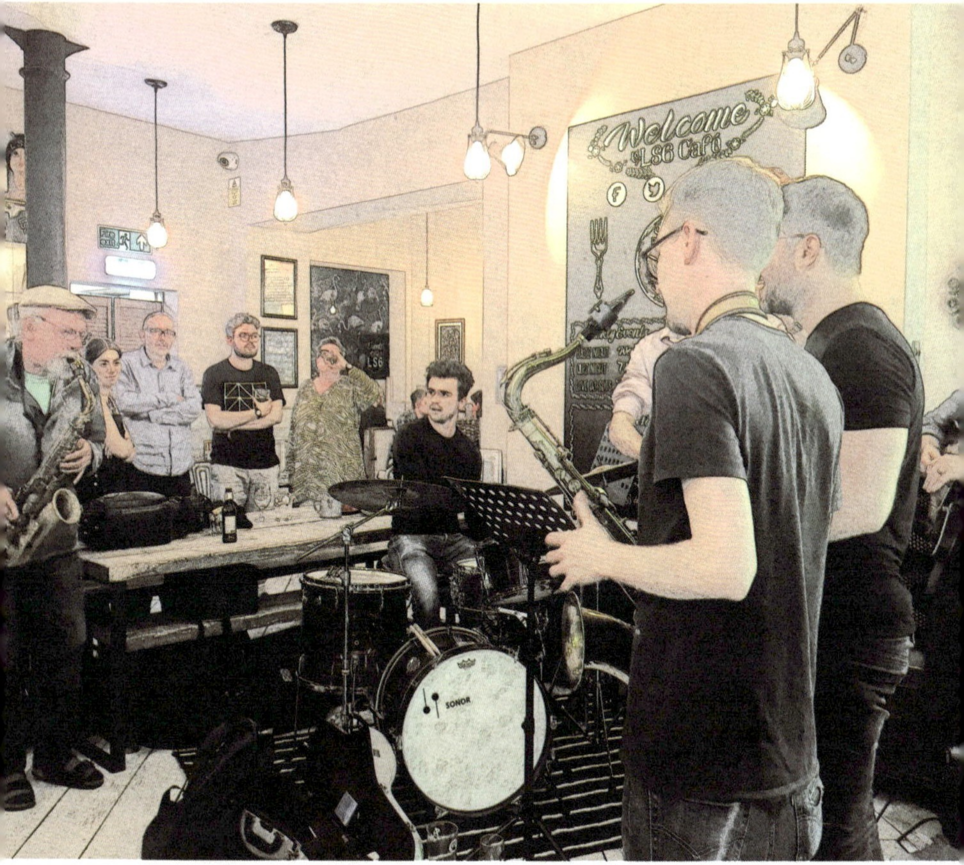
Welcome
LS6 Café
SONOR

老人一曲吹奏完毕，年轻乐手接过乐器继续演奏，这时一直坐在一旁的一位老奶奶站了起来，不知是谁递过去一个麦克风，老奶奶于是张口开唱。爵士乐大多是即兴演奏，旋律也不像流行歌曲那般地固定段落结构，老人更不像是经过专门排练演唱的。这下，赛可彻底惊讶了！

这位老奶奶比刚刚那位老先生还要年长；她身穿碎花裙，经典的英国花卉图案的面料和上个世纪四五十年代的款式——这种款式在当今的时尚界被法国女人穿出了国际范儿，并成为法国女人的经典形象。和多数老人一样，老奶奶身材偏胖，银色的齐耳卷发，戴一副眼镜，演唱的时候不只嘴巴嗓子在歌唱，身体也一同在歌唱，肩膀随着节拍欢快地耸立抖动着。

赛可不禁揣摩起了老奶奶年轻时候的模样。

大约100年前，爵士乐第一次从美国风靡到英国的时候，令整个英国社会又爱又恨，一方面爵士乐成了那一代人疗愈战后创伤的流行娱乐方式，另一方面精英们反对爵士乐的流行，认为这是一种"美国化"的侵蚀；但英国并没有像当时的德国一样完全禁止爵士乐，这加速了爵士音乐在英国的本土化。如今英国爵士乐成为了独立的爵士形式，是英国酒吧文化的重要内容。

赛可又想起了和平饭店的爵士酒吧——眼前的老人似乎和他

们是相同的一群人，在地球的东西方，同一时代的人，就这样通过爵士乐的方式获得了某种形式的隐秘联结……

中场休息的时候，一位年轻的金发乐手走到吧台，点了一杯啤酒，顺势望向了赛可。赛可冲他微微一笑："你们太棒了。"年轻人说着"谢谢"，眼睛里闪耀着喜悦。

下半场开演，罗斯开始跟赛可交谈了起来。

"他们都有自己的工作。"罗斯说。

"什么？！"赛可有点意外。

"他们白天上班，晚上出来演奏，还有的是学生；我跟他们聊过。"罗斯说。

"他们很专业。"赛可说。

"你觉得好？"罗斯问。

"当然！技艺高超！如果是业余演奏者，不得不说，我很意外。"赛可想，全民得有多高的音乐素养，才能孕育出这么优秀的业余乐手。

"你很喜欢爵士。"罗斯说。

"爵士乐演奏随心所欲，自由的感觉。"赛可说，"你呢？"

"不大懂。你在上海经常去看演奏吗？"罗斯问。

"不常去，自从有了孩子，你懂的；偶尔闲暇了才会去。"赛

可说。

"和你丈夫一起？"罗斯问。

"是的，他不喜欢，但是会陪我去。"赛可说。

"那很不错。不喜欢，但会陪你去，"罗斯重复着，"这样的男人很好不是吗？"

"是的，他是一个好男人。"赛可说。

回到家的时候，克里斯汀正忙着从烤箱里端出一个蛋糕——他看起来气色好多了。他用满足的眼神看了看罗斯和赛可，一言不发从厨房后门离开，回到他的房车小屋。

"赛可，看！"罗斯自豪地说，"克里斯汀刚做的。"

"哇！"赛可凑上去，"巧克力蛋糕！"这是她的最爱，每次路过贝蒂茶屋，她总会带回来黑巧克力。

"嗯哼！"罗斯反复欣赏着这个完美的蛋糕；蛋糕看上去和甜品店的卖相没有什么区别。

赛可对这个蛋糕夸赞了一番，然后和罗斯互道晚安。

25

最近的天气不知怎么了，总是阴沉沉的，一副随时都要下雨的感觉，似乎秋天就这么突然地到来了。

罗斯今天起的不太早，大概是不需要去学校了。吃过早午餐，已经临近正午时分。

"赛可，知道《狮子王》吗？"罗斯问。

"知道的。"赛可说。

"知道故事梗概？"罗斯又问。

"是的，看过动画片呢。"赛可说。

"现在影院正在上映这部电影，你有兴趣吗？"罗斯说。

"当然。"赛可说。

"我们去看电影吧，雨天也实在没有其他事情可做。"罗斯说。

车子行驶在路上的时候，雨又淅淅沥沥地下了起来。

"赛可，你的丈夫是怎样的一个人呢？"罗斯问。

"他人很好，是个顾家的男人。"赛可说。

"你很幸运。"罗斯说。

"是的。"赛可笑了笑。

"中国男人都这样吗？"罗斯说。

"嗯……"赛可努力搜索身边人的生活状态，"差不多吧，但是女人生了孩子以后，双方的交流就会越来越少。"

"中国女人工作吗？"罗斯问。

"是的。前一阵子看过一个国际机构的统计，中国女人大概是世界上最努力的一群人。"赛可不禁嘴角上扬，"中国女人的就业率世界排名第一。"

"我也主张女人工作赚钱。你知道吗？杰夫的前妻，自从结了婚就辞退了工作，一副理所当然的姿态。"罗斯说。

赛可想，很多国家不都是如此吗？女人结婚就会退守家庭；当个全职家庭主妇也并不轻松。

"离婚了，她可怎么办？"赛可说。

"是啊，找下一个养活她的人。"罗斯说。

"她是意大利人？"赛可问。

"是的，意大利南部。"罗斯若有所思，"中国女人可以在家

庭中做决定吗？"

"是的，中国女人的家庭地位还挺高的，我认为。"赛可不假思索，"所以，经济基础很重要。"她想起了中学政治课就熟背的一句话——经济基础决定上层建筑。

"这样啊！"罗斯似乎颇有些意外，"那应该比日本、韩国的女人好很多。"

"中国女人比较独立。"赛可说。

对于罗斯的潜台词，赛可也有一点点意外，也许，罗斯在日韩影视剧中看多了妻子对丈夫点头哈腰的问候。

车子在一家商场入口处环绕而上，罗斯在高层停车场找到了一处停车位；和赛可由此进入商场影院买票入场。

这里的商场影院和国内的一模一样，只是观影厅稍微大一些。观众中有很多孩子，兴奋地聊着天，空气中弥漫着叽叽喳喳的欢乐。影片开始后，赛可才发现电影《狮子王》是由真正的动物出演的，电影特效逼真，场景宏大，让人不由感叹科技进步的神速、西方电影工业的成熟、影视制作的精良。

"你觉得怎么样？"走出观影厅，罗斯问。

"很精彩，我喜欢。影像技术没得说，只是，"赛可摇摇头，

"美国就是美国。"

"你指的是？"罗斯说。

"你有没有注意到，剧中的鬣狗，那个最令人厌恶的角色，黑人配音。"赛可说。

罗斯沉默了。

"我的英语也许不够好，但是我想任何人一下子就能听出黑人的口音。"赛可说。

"没错。"罗斯说。

"那条鬣狗可以没有口音吗？这样至少也有点新意吧，观众们都已经厌烦了这一套。"赛可说。

罗斯点点头。

"我觉得英国这方面就好很多。"沉默了一会儿，赛可说。

"赛可，我想去亚历山德拉家一趟，你想在这里喝茶等我还是想一起去？"罗斯问。

"一起去吧！跟着你兜兜风。"赛可说。

车子从市中心出发，穿过城市的另一半驶入市郊。

"这里好漂亮，是高档住宅区吧！"赛可忍不住赞叹。

"你认为是高档社区。"罗斯淡淡地说。

"是的，这么整洁。"赛可说。

"这里住的都是移民，穆斯林、黑人。"罗斯说。

还有亚历山大的女朋友，一个罗马尼亚女孩！赛可心中一惊，幡然醒悟——虽然这里有整齐的街道、统一的带有红色屋顶的两层红砖楼房，可是，太统一太整洁了！恰恰就是这一点区别着南北城郊的地位。罗斯所住的区域每家每户的房子都是不同的，有石堡、有以色列传统的建筑……并且每栋房子都有前后两个庭院，庭院里一定要种上花草。这么显而易见的差别，自己竟然没有注意到。

罗斯把车停在一个路口，独自下了车向对面的房子走了过去——她总是如此偏爱小儿子，即便看场电影也要绕道半个城市来探望他……

吃晚饭的时候，罗斯告诉赛可，她们明天会去利物浦。

"你不是喜欢戏剧吗？明天我们去利物浦大剧院看《战马》，你知道这部剧吗？"罗斯问。

赛可摇头。

"英国很著名的一个故事，不会像莎士比亚戏剧的台词那么难懂。"罗斯说。

"我们两个去吗？"赛可问。

"克里斯汀和我们一起去。"罗斯说。

"那，波罗呢？"赛可问。

"亚历山大会和女友回来住，照看波罗。"罗斯说。

克里斯汀进来了，似乎心情不错。他从冰箱里拿出昨晚做的巧克力蛋糕，已经只剩了一半了。

"赛可，蛋糕味道怎么样？"克里斯汀问。

"哦，我不知道。"意外之下，赛可来不及反应。

克里斯汀的笑容渐渐褪去。

"哈，我没有被（你）邀请品尝。"赛可想幽默一点。

"你知道，"克里斯汀涨红了脸，"这个蛋糕就是做给你的！"他提高了嗓门，说到"你"的时候加重了语气，像被激怒了一样大声地说。

赛可的脸庞微微发烫，感觉到有一双眼睛正在一旁死死地注视着自己。

"啊，真的吗？"赛可说，"太谢谢你了！我现在就想吃，请给我一块吧！"

克里斯汀从中岛的抽屉里取出盘子。

"给我一块大的！"现在可不是客气的时候，赛可满脸期待

地接过克里斯汀递过来的蛋糕,用餐叉迫不及待地送进嘴里一大块。

"太好吃了!味道太好了,简直比茶屋的蛋糕还好吃!"赛可已经顾不得形象,边吃边说道。

克里斯汀的神情逐渐和缓了下来。

"家里做的才会对食材放心。"感觉到那双眼神柔和了下来,赛可才扭头说。

26

简单吃了早午餐,罗斯开车带着赛可和克里斯汀出发去利物浦。车里放着电台音乐,克里斯汀坐在后排,戴上了耳机。

赛可翻看着手机,被一篇文章吸引。

"罗斯,这篇文章很有意思,我读给你听吧。"赛可说。

"好的。"罗斯说。

赛可的口语虽然不那么随心所欲,照本宣科倒是毫无压力,不仅发音标准清晰,也很流畅。这篇文章讲述了一位在中国生活了多年的英国男士,因为热爱长城,不仅徒步穿越整条长城遗址,沿途还积极做起了义务环保工作——拾垃圾;期间又写了几本书介绍和研究长城的历史文化,为中英文化交流做出了很多贡献,并为此获得英国女王的嘉奖。

罗斯静静地听赛可读完,"你的阅读很好。"她说。

"谢谢!你去过长城吗?"赛可问。

"没有，我去过云南。"罗斯说。

"旅游？还是工作？"赛可问。

"工作之余去的，那里有一条茶马古道。"罗斯说。

"哦，是的！"赛可很是惊讶，"那你去了普洱？"

"是的。"罗斯说。

"真是不可思议。"赛可想即便是中国人也有很多人不知道茶马古道这个地方。

"你也去过？"罗斯问。

"去过，我热爱我们的茶文化。"赛可笑道。

罗斯点点头。

"罗斯，每次出门都是你开车，克里斯汀和亚历山大会开车吗？"赛可问。

"他们没有驾照；克里斯汀你知道的，有自己的摩托。在英国，开车成本很高，要买高额的保险。我的车是租的，方便省心。中国呢？"罗斯说。

"我们长年租车用的话，还不太普遍；出差、旅游租车倒是越来越多了。"赛可说。

上午的时候，太阳还像躲迷藏一样的，到了中午却是烈日当空，天空湛蓝，白云就像一块块扯碎的薄纱。

车子驶入利物浦市区，一种与众不同的气息扑面而来，现代建筑和古典建筑交错矗立，扎眼的红色双层大巴士穿梭在街道上；新的和旧的，明净和黯淡，玻璃和岩石，是一种混乱的视觉感受，是一种热情、张扬、野蛮生长的气息。如果说利兹是一位温婉优雅、精致的、宁静的富家妇人，利物浦则是粗犷的、情绪化的、忧郁的中年男子。

罗斯把车停在了海滨广场停车场，三人步行来到一处港湾码头。这个小小的港湾被维多利亚式的建筑从四面围了起来，里面是购物商店、画廊、博物馆和酒吧。整个港湾方方正正，只留一个够一艘渔船行驶的出入口。水面上停驻着几艘小船，除此之外，水面上还略微晃动着四周红砖建筑的倒影，整个长方形水域就像一幅油画，水波粼粼的时候就像电脑上的屏保动图，洁净灵动。岸上的建筑外围被拱廊环绕，即使阴雨天气，也不影响游人在室外喝茶或者闲逛。大红色油漆包裹的金属廊柱就像整齐排列的罗马柱，是一种时尚的工业风。

"我们坐下来休息一会儿吧！"走到一家茶屋门口，罗斯提议。

三人在拱廊下的餐桌旁坐下，点了各自的咖啡和茶，边喝边晒太阳。阳光耀目，坐在港湾却还有一些凉意。

"罗斯，这是什么地方？"赛可问。

"阿尔伯特码头（Royal Albert Dock）。"罗斯说。

"利物浦，很不一样。"赛可说。

"很多元，对吧？利物浦是国家旅游局认定的英国最佳旅游城市，2008年还当选为欧洲文化之都；我和克里斯都喜欢这里。"罗斯说。

"喜爱胜于利兹？"赛可问。

"是的，尤其是克里斯，他在这里长大。"罗斯说。

"亚历山大呢？"赛可又问。

"他喜欢利兹，更喜欢约克；你知道，搬去利兹的时候，亚历还小。"罗斯说。

下午茶喝完，三人便开始了闲逛，服装店、皮具店、饰品店，还有水晶石店。克里斯汀在家居店里看着一尊一人高的佛像，看了很久，对罗斯说："我的新房子可以要这个吗？"之后又跟赛可讨论一套风格粗犷的原木桌椅——"我很喜欢这套，摆放在餐厅，完美。"

罗斯在水晶石店和明信片商店里流连许久，赛可则是一副过客的状态，安安静静地散步。

晚饭时分，三人离开码头商业区，驱车来到市中心一处居民

区，这里是两层楼的独院街区，罗斯把车在路边停好，拿了行李径直走进一个院落。门铃声响，一个20岁出头的姑娘出现在赛可他们面前，她热情地和罗斯与克里斯汀问候拥抱。赛可一眼便认出了她，正是罗斯参加派对的照片上的那个女孩，名字她还记得——咪咪。女孩个子很高，一张娃娃脸，长相甜美，和赛可相互问候之后，把他们请进了家中。

"你住我的房间，先把行李放进去吧！"咪咪边说边把赛可带进了一楼斜对客厅的一间卧室。

卧室不大，是标准的女孩房间的布置——印花的床品和窗帘、靠窗的角落放着一个梳妆柜；窗外是房屋的后院。赛可放下行李关上门，脱下牛仔裤和上衣，换上一件蕾丝小黑裙，外面套上蒙口（Moncler）的深蓝色防风外套，脚上还是那双几天前在维多利亚商场买的牛皮小白鞋。

走出卧室，罗斯和克里斯汀已经放好行李，在客厅等待赛可。罗斯要带她和克里斯汀去一个朋友的餐厅吃晚饭。

这是一家中餐厅，赛可有些意外。罗斯的这位女友是香港华人，多年前举家迁至利物浦，在市内开了这家中餐厅。傍晚时分，全家人都在店里，此时客人还不多，老板娘热情地和赛可聊

着天，询问赛可的情况。

"你真年轻啊！"老板娘由衷地对赛可说。她看上去和善可亲，语气轻柔，"……我今年非常开心，我女儿给我添了个大胖孙子。"

角落里，罗斯和朋友的女儿一边聊着天，一边逗着婴儿车里的宝宝。

用餐的时候，赛可只是象征性地一样尝一点——出了国门的中餐不那么合她的胃口，也许是原材料的原因，也许为了更适合当地人的口味经过了改良，因此她更愿意品尝当地的饮食而不是走了样的中餐。不过，她还是对罗斯的安排心存感激。

身旁的克里斯汀倒是吃得津津有味。

对面老板娘的女儿一边吃着鸡，一边吸吮着自己的手指，赛可不知不觉竟被她吸引了目光。看样子，她的手指似乎比鸡还好吃——手上明明已经被舔得干干净净了，还是一遍遍的缓缓地舔着自己的手掌，吮着自己的手指。克里斯汀乍一抬眼，也不好意思地低下了头。

女孩穿着异常简单的背心，也许是为了方便哺乳，丝毫没有刚生完孩子的臃肿体态，似乎一旁婴儿车里的孩子跟她毫无关系。席间她也不和任何人讲话，只是自顾自地吮手指。看着她，

赛可突然感觉自己穿着小黑裙显得太隆重了。想到对面的女孩至今都还没有正眼看自己一下，赛可于是不自在起来。

她是否正在经历产后抑郁？又或许是根本不喜欢和自己同样肤色的中国人？赛可开始胡思乱想……

胖嘟嘟的宝宝从婴儿车里被抱了过来，众人说笑着，不知是谁将孩子递给了克里斯汀。克里斯汀僵硬地抱着，小心翼翼；旁人自顾自地说笑，只一会儿工夫，克里斯汀就面露难色，虽然宝宝并不哭闹。赛可见状示意克里斯汀把孩子给自己，克里斯汀看向对面的年轻妈妈，经她点头准许后，克里斯汀便如释重负地把孩子递给赛可，起身逃离了这个地方。

宝宝站在赛可腿上玩得开心极了，可怜穿着小黑裙的赛可一直被他扯着头发咿咿呀呀。宝宝似乎是被他的家人遗忘了，赛可就这么一直抱着他，直到微微气喘，也没有人过来接应。

罗斯终于和这家人热聊完毕，相互告别，她的老板娘朋友这才过来把宝宝抱走，没有感谢的话。

赛可微笑着说再见，跟在罗斯身后离开。

"我是朋友女儿的教母。"罗斯边走边扭头对赛可说。

"你信仰基督教？"赛可问。

"不。"罗斯说。

"但是，你是她的教母。"赛可说。

"是的。"罗斯说。

回到车上，罗斯掏出手机，给赛可看教女的照片。

"这是她和她的丈夫。"罗斯说。

"哦！他们上了杂志封面！"赛可惊叹。

"是的，她的丈夫是室内设计师。"罗斯说。

照片上，一个留着络腮胡的棕发英俊男人和一个东方女子惬意地靠在沙发上，还有阳光般金色的笑容。

赛可看着照片，突然地就开心起来。

罗斯一行人到达位于莱姆大街（Lime Street）的利物浦帝国剧场（Liverpool Empire Theatre）时，咪咪和另一个女子已经等候在那里。女子个头矮小，长长的棕褐色卷发，戴着一副黑框眼镜，她是咪咪的亲姐姐。罗斯把票分发给大家，然后排队买了一瓶红酒，接着便开始进入剧场。

"这家剧场拥有英国最大的两层礼堂！"罗斯边走边跟赛可说，"披头士，知道披头士？"

"当然。"赛可说。

"也在这里表演过。"罗斯说。

剧场是古典欧洲风格，观众席有上下两层。落座之后，罗斯给每个人发了一个塑料杯，轮流倒满红酒；灯光逐渐暗下来，喧嚣声逐渐平息。

"无与伦比"大概是观众对这部戏剧的普遍感受，故事以第一次世界大战为背景，从一匹名叫乔伊（Joey）的农场马展开视角，讲述了英国农场少年艾伯特（Albert）在一战中的寻马经历。

一战爆发后，艾伯特的父亲为了维持农场经营，无奈之下把乔伊卖作军马；乔伊落入德军之手，所幸得到一个法国小女孩艾米莉（Emily）与祖父的悉心照顾。后来，乔伊回到了英军战壕与小主人艾伯特短暂相聚，之后再次分离；而小艾米莉将不久于人世，临死前祖父答应她一定会为她找到乔伊，最后当祖父了解到艾伯特对乔伊的爱时，竟以区区一便士把乔伊卖给了艾伯特。

《战马》于 2007 年 10 月在英国国家奥利弗剧院（National's Olivier Theatre）上演后大受欢迎。英国国家剧院在制作该剧时邀请了世界各地顶级的设计者，并获得"劳伦斯 - 奥利弗奖（Laurence Olivier Awards）"的最佳舞台设计，负责木偶马动作设计的托比 - 塞吉维克（Toby Sedgwick）获得最佳编舞奖。

这部剧还作为"中英文化交流年"重要文化合作项目被引入

中国，由中国国家话剧院出品、制作，并进行全国巡演。

　　剧终，剧场内掌声热烈持久，演员几度谢幕。赛可甚至为这部戏剧作起了诗句——

　　"我爱那深沉的光与影
　　爱那质朴的乡音　那片生机勃勃的土地
　　爱那俊美的战马　昂首嘶啸的雄魄
　　爱那黑暗笼罩下漏出的一丝光亮
　　爱那冷酷世界中相知的温暖
　　爱那久别重逢失而复得
　　爱那猝不及防的感动　深深地将我包裹"

　　剧场外凉风习习，咪咪的姐姐和大家先行告别，罗斯带着其他人游逛在夜晚的利物浦。市中心广场，大屏幕上正在轮番播放英超的宣传海报"新赛季　新梦想"。特写镜头下，利物浦俱乐部的球员们欢呼雀跃，神采飞扬。

　　"唔哦！红军！"赛可指向大屏幕，"在中国，球迷们叫他们红军！"

"我们还有埃弗顿！"克里斯汀和罗斯争先说着,"埃弗顿足球俱乐部！"

"利物浦,体育之城！"咪咪说。

"是的！还是最著名的安特里国家大赛的举办地！"克里斯汀喊着。

"你们是埃弗顿的球迷？"赛可大声问。

"我的球队是利物浦！"克里斯汀咧开嘴,嘴角就要上扬到耳根;在广场灯光的映射下,眼睛里闪烁着大屏幕里的光彩。

来到一条窄小的街道,一家夜总会的门口有几十个人正在排队,灯牌上写着"洞穴俱乐部"(The CAVERN CLUB),罗斯一行人也加入到排队等候的队伍当中。街道对面,一群流浪者衣衫褴褛围坐在地,旁边卧着他的小伙伴,一条瘦弱的柴犬。

赛可看队伍还长得很,于是走到流浪者跟前,蹲下身来想和他攀谈几句。

"这家伙叫什么名字？"赛可看着那条狗。

"泰德。"流浪者面颊凹陷,眼睛浑浊,呆滞地看着赛可回答道。

"你们从哪里来？"赛可问。

"北方。"流浪者把眼神转到一旁，似乎不想再多说什么。

赛可将手伸入外套衣兜，拿出一张纸币放入面前的金属盒子。起身时，看到罗斯正和俱乐部门口的两位人高马大的守卫有说有笑地聊着天。没等赛可重新回到队伍中，罗斯就招呼着她和咪咪、克里斯汀进入夜总会。

"你和门卫说了什么，就这么放我们进来了？"赛可说。

"我很厉害！我们很幸运！"罗斯说。

洞穴俱乐部顾名思义位于地下，在成为酒吧之前这里曾做过战时的防空洞。从大门直接下楼进入地下洞穴，喧嚣声越来越近。墙壁上挂满了黑白老照片，照片上的人大多是在这里驻唱过的乐手。

沸腾的人群突然出现在面前，眼前的舞池拥挤狭长，拱廊的砖面屋顶上，大头灯散发出红色浓暗的雾霭光线，空气中弥漫着躁动与热情。洞穴尽头，乐手们穿着上个世纪60年代的白色衬衫和黑色马甲，手弹吉他唱着披头士的歌，仿佛他们的存在就是为了凝固一段旧时光——披头士乐队曾在这里演出过292场。

舞池旁边的甬道，墙壁上布满了玻璃橱窗，里面陈列着各个时期的乐队的纪念物——乐队和足球明星的合影、著名乐队成员签名的老唱片、约翰·列侬（John Lennon）和保罗·麦卡特尼

（Paul McCartney）用过的签名吉他，还有约翰·列侬组建过的第一支乐队"采石工人"（the Quarrymen）的合影照及介绍。

在学生时代，看到全世界歌迷在约翰·列侬去世周年举行纪念活动的新闻时，赛可不会想到，有朝一日她会身处列侬的家乡和他曾经表演过的地方——利物浦帝国剧院和洞穴俱乐部；而此刻她也不会想到，在将来的某一天，在深入了解了这支乐队的历史，了解到约翰·列侬的生平，了解到这支流行乐队竟然为打破美国南部种族隔离制度的藩篱起到过重要作用，创造过一个疯狂的闪耀时代——她竟然爱上了这支不属于自己时代的乐队；当她翻出伦敦奥运会的闭幕式视频，看到列侬出现在大屏幕上、看到现场演员用道具拼出他的巨幅头像，当她观看列侬和妻子在白色的房间里弹唱那首理想国的《Imagine》，她竟然泪流满面……

  Imagine there's no heaven

  想象一下，这世界没有天堂

  It's easy if you try

  如果你试着想象，其实并不难

  No hell below us

  也没有地狱

去年夏天

Above us only sky

头顶上　只有天空

Imagine all the people living for today

想象一下，每个人都活在当下

Imagine there's no countries

想象一下，这世界上没有国家

It isn't hard to do

这不难想象

Nothing to kill or die for

没有杀戮和死亡

No religion too

也没有宗教

Imagine all the people living life in peace

想象一下，每个人都生活在和平之中

You may say I'm a dreamer

你也许会说我在做梦

But I'm not the only one

但是，我不是唯一的一个

I hope someday you'll join us

希望有一天，你会加入我们

And the world will be as one

世界会成为一体

Imagine no possesions

想象一下，这世上没有财产

I wonder if you can

如果你可以

No need for greed or hunger

没有贪婪和渴望

A brotherhood of man

大家都像兄弟姐妹

imagine all the people

想象所有的人

Sharing all the world...

共享整个世界

You may say I'm a dreamer

你可能觉得我在做梦

but I'm not the only one

但是，我不是唯一的一个

I hope some day you'll join us

希望有一天，你会加入我们

And the world will live as one

这个世界就会合一

人间理想国，"爱"才是我们身处的这个宇宙的通用语言，难怪连外星人都要送列侬一颗金蛋……

沿着橱窗走过去，在角落里有一个红色的电话亭，罗斯、咪咪和克里斯汀说笑着在电话亭里进进出出。赛可走上前去，示意他们来张合影，三人立即摆姿势配合。

拍完照片，赛可继续浏览着橱窗里的老照片，手里端着罗斯递过来的红酒。此时耳边响起了熟悉的旋律，赛可凑向舞池中央，看乐队带领人群大声歌唱。几首歌结束，赛可找地方放下空酒杯，换个靠后的位置继续听歌。受到全场热烈气氛的感染，赛可也渐渐地跟着人群摇摆，一位长相英俊的男士微笑着靠近她。

"你好！"他对着她的耳朵大声说道。

"是的！"赛可摆着头大声回应。

男士有些意外，神情若有所思，在赛可身边站立片刻便向旁

边挤过去；半首歌过后，赛可发现在不远处，那位英俊的男士正和罗斯站在一起，一边跳舞一边开怀大笑。她有些困惑，也有些遗憾——这位男士真的很像《权利的游戏》剧中男主角斯诺，发型、长相简直一模一样！

此时，赛可有种异样的感觉，似乎有一双眼睛一直都在关注着她，一个熟悉的身影一直都在她的附近，即便有好几个喝了酒的男性站在自己身旁，她也很有安全感——一旦有人过于和她接近或者稍长时间站在她身边，他便会上前去和这些人打招呼聊天。

他总是给人如此矛盾的感觉，有的时候他有超越年龄的中年人的成熟和老到；有的时候他又像一个青春年少的孩子，脆弱而单纯。

离开俱乐部的时候已经很晚了，气温很低；赛可裹上了防风外套。四人站在路边打了辆出租车，是那种两两相对而坐的车。

"赛可，你看到了吗？那个男人，长得太像《权游》的斯诺了！"罗斯兴奋地说。

"是的！我看到你俩聊得很开心！对了，他还跟我打招呼了！但是我今晚喝多了。"赛可不无遗憾地说，"他说'你好'，

我竟然说'是的'！多么愚蠢！"

众人都笑起来，咪咪笑得很甜很开心。

"唉，我真的喝多了。"赛可说。

回到家里，大家又聚到餐厅准备喝茶聊天，赛可酒劲上头，困得不行了，于是先行告退。

她来到黑乎乎的楼梯口，有点找不到方向，"洗手间在楼上"，她这样想着，抬头的时候卫生间的灯突然亮起，赛可昏沉沉地看到一个人影下楼……

等她从卫生间里出来，下楼的时候，卧室的灯又为她指明了方向。

餐厅热闹的谈笑声逐渐遥远，赛可昏睡过去。

27

清晨出奇地安静，赛可悄悄起床，不想惊扰到晚睡的人。

她到厨房泡好茶，打量着餐厅，透过玻璃窗看后院的阳光和花草。用餐区设计得颇具艺术气息，背景墙像是一个港湾环抱着餐桌，墙面贴着彩绘瓷砖，是异域风情的画面；餐桌上是田园风格的茶具和餐碟。

赛可回想客厅墙壁的装饰画和地上摆放的油画作品——找不到半点男性的气息。

一杯茶的时间，咪咪惺忪着睡眼走了进来。

"早上好！"赛可问候。

"早上好！"咪咪说，"你饿了吗？这里是鸡蛋和面包，你先做点吃的东西。"

"好的，"赛可犹豫着，"还是等罗斯起床一起吧。"

"不用等她，"咪咪说，"你先吃吧。"

吃完早饭，赛可重新泡了一杯红茶，坐在餐桌旁用手机查看邮件。克里斯汀和咪咪陆续走进餐厅，一边烤土司、煎鸡蛋一边用很重的利物浦口音聊着什么，赛可完全听不懂。

"我们在聊癌症患者的事情，"用餐时，咪咪向赛可解释，"每隔一段时间，我们都会剪头发。"

"什么？"赛可摸不着头脑。

"我是说捐头发，"咪咪摸着自己的头发，放慢了语速，"癌症患者做放化疗会掉头发，或者被剃掉头发，我们会捐出自己的头发帮助他们。"咪咪指指自己的马尾，"还有他。"她又指指克里斯汀。

克里斯汀顺势把发髻解开甩到额前并且伸出整个舌头，赛可和咪咪都咯咯笑起来。

"他留长发就是这个原因，我也是。"咪咪又说，"捐出的头发做成发套，大都是孩子在用。"

"太棒了！"赛可由衷地说，"大大的尊敬！"

想起初见面时，赛可对克里斯汀的发型颇有不喜，心头不由地升起歉意——人啊，总是抱着偏见和评判！

"你今年去哪里旅游？"咪咪问克里斯汀。

"西班牙。"克里斯汀说。

"去过亚洲吗？"赛可问。

"刚去过泰国，和朋友一起。"克里斯汀说。

"喜欢那里吗？"咪咪问。

"很喜欢，阳光、沙滩，东西还特别便宜。"克里斯汀情不自禁地笑着。

"是的、是的。"赛可使劲点头，"你出门认路吗？"

"一般吧，我擅长认国旗。"克里斯汀狡黠地说。

"是吗？"咪咪也感到好奇，和赛可不约而同拿起了手机。

"这是哪个国家？"咪咪指着手机率先问道。

"哥斯达黎加。"克里斯汀歪着脑袋回答。

"哇哦！"赛可和咪咪同时惊叹。

"对吗？"赛可问咪咪。

"是的。"咪咪说。

"这个呢？"赛可也指着手机问克里斯汀。

"波多黎各。"克里斯汀使劲想了一下说道。

"喔哦！"赛可和咪咪发出更大的声音。

"对吗？"咪咪也迫不及待地求证。

"是的。"赛可说。

"喔哦！"两人再次惊叹。

克里斯汀显得兴致勃勃，赛可和咪咪不厌其烦地对他进行一轮又一轮的测试。

在一片欢呼和吵闹中，罗斯姗姗来迟。

"你要做点吃的东西吗？"咪咪问罗斯。

"不了，我刚刚在外面吃了一点。我们可以走了，"罗斯对赛可和克里斯汀说，"我把车开回来了。"

咪咪站在自家门口的台阶上与罗斯和克里斯汀拥抱告别，赛可最后走过去，"谢谢你，咪咪！"

"很高兴和你认识。"咪咪甜美地笑着。

"我也一样，欢迎你到上海！"赛可说。

"@#￥￥%……&·&………@#%￥，"咪咪轻快地说了一通，赛可微笑着看着她，"你还有很好的身材。"咪咪最后说。

赛可终于听懂了一句。

"谢谢你，咪咪。"赛可上前和她轻轻地拥抱，"再见！"

离开咪咪的家，接下来罗斯要带赛可参观利物浦大教堂（Catherdral Church of Chris in Liverpool），"它可是英国最大的国教教堂，"罗斯说，"里面有世界第三大的钟，还有全世界最大最

重的编钟管风琴。"赛可只能听懂一半的话,却并不发问,她已经习惯了懵懵懂懂、似懂非懂。

行至途中克里斯汀下了车,他要去看望小时候的好友。

天空中云层密布,在教堂停车处停车时竟然下起了稀落的雨。

赛可仰望着这座造型宏伟、风格庄严的宗教建筑,全然不知它竟是出自一位22岁的青年之手。

1902年,年仅22岁的斯考特(Giles Gilbert Scott)在利物浦大教堂的设计比赛上中选,1904年爱德华国王埋下奠基石,教堂开始建造,但是因为国家经济的衰退低迷以及世界大战的影响,直到1978年——时隔76年之后,教堂主体部分才正式完工,伊丽莎白二世参加了完工仪式。遗憾的是,斯考特在1960年就去世了。他不只留下了这座美丽的教堂——伦敦标志性的红色电话亭也是出自他手,就是洞穴俱乐部摆放的那种。

这座位于市中心圣詹姆斯(St. James)山上的教堂其外部是用利物浦红砖砌成,因此也有人叫它"红砖教堂"。入口处是世界上最高的尖端拱门;与沉闷厚重的外观相比,内部超高的穹顶幽静而空灵,着实令人震撼。穹顶最高处竟然有悬空的廊桥,与廊桥贯通的几个观景台就像张开的喇叭花。抬头仰望,整个穹顶呈现出气势恢宏的完美几何图案。

赛可几次试图拍照，几次抬起双手又落下——相机完全没办法展示它的壮观，她宁可不拍。以至于当她后来回想起利物浦大教堂，竟然只记得它没有华丽的外表，"但是它宏伟啊！"，她想；只记得内部的装饰也不奢华，"但是它宏伟啊！"；只记得参观的人流不如别的著名教堂那般熙熙攘攘，"但是！它宏伟啊……"

是的，它太宏伟了，因此当光线穿透大面积的彩绘玻璃窗倾洒到教堂上空，它的内部空间依然显得昏暗，就连灯光也显得昏黄。

罗斯引领赛可来到一个僻静之处，告诉赛可自己更喜欢这个圣母堂。这也是利物浦大教堂最早建成的部分，因为有更大比例面积的彩色玻璃，引入了一些冷色调的光和顶部暖色的光融合交错，于是便增强了调性。

在赛可众多的教堂游历中，最与众不同的时刻就是来到利物浦大教堂 101 米高的钟楼塔顶，从这里可以俯瞰整个利物浦，可以饱览默西河（Mersey River）岸入海口的壮观景象，可以眺望隔海在西边相望的爱尔兰——利物浦几乎与爱尔兰首府都柏林是同一纬度。

赛可想象着，在这里看日出日落是何其浪漫的情景呢！

罗斯和赛可走得累了，二人照例在咖啡厅喝茶歇脚。

离开教堂的时候，雨停了，天空已经放晴。

"赛可，我带你去一个地方，是我非常想让你看的东西。"罗斯说。

这个地方是利物浦博物馆。

博物馆坐落于默西河畔，建筑外观是极简的现代风格，极具个性和辨识度。罗斯似乎早有准备，带着她径直走向一个展区，"就是这里！"她扭头看向赛可。

这是一个仿旧的展区，里面陈列着老式的生活用具，墙上挂着红漆木框的镜子，橱柜上摆放着厨房用具，最显眼的位置是一个锈迹斑斑的锅炉——在电熨斗普及之前，洗衣店里的熨斗就是在这样的炉子上加热的。

"这里，看这个。"罗斯说。

这是一幅展区介绍，上方的黑白图片像是从旧报纸上剪下的；图片是一家洗衣店工作时的场景——照片前景一左一右两个年轻的白人女性正在认真地熨烫衣服，周围的衣柜中整齐码放着一摞一摞的、熨烫包装好的衣服。在她们中间，一位戴着黑框眼镜的中年亚裔男性仰头笑着，像是正在和镜头之外的某些人开心地交谈着。

图片下方的标题用加粗的字体写着——

利物浦最早的中国人洗衣店（Liverpool's oldest Chinese laundty）

"这个人，他是我父亲。"罗斯说。

"哦，我的天！"赛可低声惊叹。

从罗斯一家人身上，包括她那位长得像古典雕塑一般的外甥，都看不出丝毫的华人痕迹；即便作为第一代华人混血后裔，罗斯黝黑的皮肤、大眼睛高鼻梁和一头黑发，怎么看都更像是来自欧洲南部——西班牙、葡萄牙或者意大利南部小岛，甚至是南美洲。

"我的父亲是福建人，十三岁的时候作为海员，就是学徒，来到利物浦。"罗斯陷入了回忆，"之后，再也没能回中国——某天夜里，在他们居住的街区，所有的中国海员都被抓走了，这是政府的秘密行动——让他们为战争做苦力。"

赛可还没有从惊讶之中回过神。

"战争结束后，我父亲已经回不去中国了，就在利物浦定居下来，后来开了这家洗衣店。"罗斯指着那张洗衣店的照片，"我

们一家六口人，父母和兄妹四个孩子，就是靠这家洗衣店为生的。"罗斯的语气带着不甘心，"这是一段不为人知的历史，除了当事人没有人知道；没有人知道，对于外界来说他们只是失踪了；很多人就那样悄无声息地失踪了。"

赛可仔细地看过去，展览墙无声地诉说着华人在利物浦的移民史，一张张照片背后是那么多不为人知的曲折漂泊的故事。

靠着奴隶贸易繁荣起来的利物浦到了十九世纪中期，已经是世界上最为繁华的海港之一，中国海员也因此都在该港上岸，稍有积蓄的华人海员便在这里开设洗衣店；至一九二零年，当地华人洗衣店已有近一百家，利物浦因而有全欧洲最古老的华埠。二战后，中国海员定居利物浦渐多，而这其中居然有罗斯的父亲。

赛可想象着，又有多少中国家庭在远隔万里之外被断肠的思念日夜煎熬着……

"那么，你会一点点的中国话吗？"在车上，赛可轻轻地问。
"不。"罗斯面无表情，"我的父亲从来不跟我们说中国话。"

罗斯和赛可在一家购物广场的餐厅吃了午饭，从餐厅走出

来，克里斯汀正坐在广场台阶上等待她们。

三人来到利物浦足球俱乐部商店，赛可为家人和朋友买了几件球衣当作纪念品，其中有她非常喜欢的球员——8号吉拉德。

从商店出来，赛可见克里斯汀倚在栏杆上在看手机。

"很抱歉，"赛可说，"让你等了这么久。"

克里斯汀冲她笑了笑。

准备返程了，天空又飘起了雨。

"看那里！"车子行驶在市内街道上的时候，罗斯在一个路口放慢了车速，"这个唐人街的牌楼是上海市政府资助建成的。你知道吗？利物浦和上海是友好城市，到今年已经结交20年了。"

28

两天的出行使人疲惫，整个上午出奇地安静；下午时分，罗斯和赛可出门逛了市场，罗斯说请了同事晚上来家里吃饭。

傍晚时分，罗斯的同事陆续现身，一位是上次和贝芙一起作客的同事，她衣着依旧简洁，穿着纯色棉麻质地的背心和裤子；另一位是在索泰尔（SALTAIRE）见面的美术老师，身着英式花卉图案的连衣裙搭配她那褐色齐耳短发，很英国。

"好漂亮的花！"一进餐厅美术老师就赞叹。

"那些都是赛可买的。"罗斯的神情仿佛带着一丝骄傲。

罗斯把早就调好的鸡尾酒饮料奉上，大家就围在餐厨中岛站着喝酒聊天；寒暄过后，罗斯开始准备晚餐。

"你在这里过得好吗？"美术老师问赛可。

"当然。"赛可说，"罗斯人特别特别好，天天带我去各种地方游览。"

"罗斯,你不能把波罗关在院子里吗?"同事看着转来转去的波罗说。

"他喜欢热闹,他只是兴奋。"罗斯说。

刚想把波罗领到户外的赛可一听此言,马上打消了这个念头。

"如果把你关到室外,你会有什么感受?"罗斯看着同事,挑着眉毛轻声地问。

"赛可,你经常旅游吗?"美术老师问。

"不经常,"赛可说,"虽然,我很喜欢旅游。"

"去过哪些地方呢?"美术老师问。

"东南亚、美洲、欧洲,"赛可说,"还去过埃及。"

"哦!太棒了!"美术老师说。

"你最喜欢哪个国家?"美术老师问。

"瑞士,"赛可说,"整个国家就像一个大公园,我很喜欢。"

"那,你去了这么多国家,你认为哪个城市最美呢?"美术老师问。

"上海。"赛可不假思索地说。

"哦!"美术老师和同事同时点头。

"上海的确很美。"罗斯说。

克里斯汀从厨房后门推门而入!他一天都没有露面了!和罗

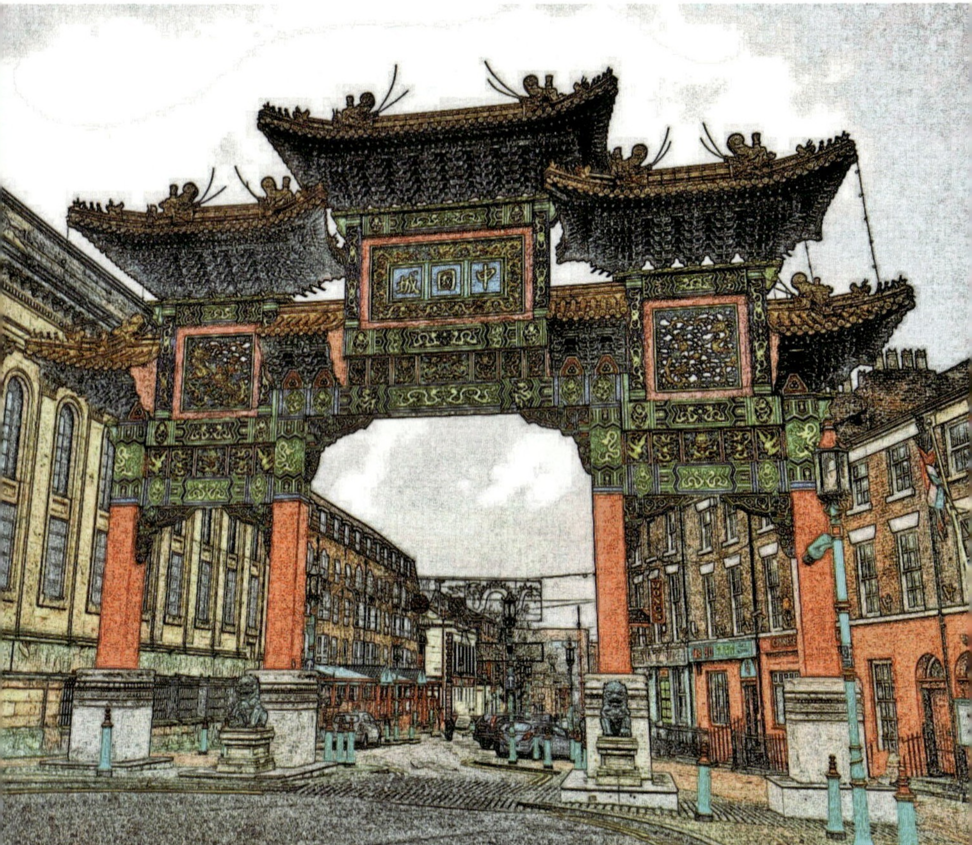
中國城

斯的同事相互问好寒暄之后,他又扭头从后门出去。

"你们经常旅游吗?"赛可问。

"哦不,我没有太多机会旅游。"美术老师说。

"欢迎来上海!"赛可说,"我会好好招待你们。"

"你在英国呆这么长时间,有什么收获吗?"美术老师问。

"我对英国文化很感兴趣,喜欢英国的文学、戏剧。"赛可说,"我认为全世界最好的演员都出自英国。"

"是吗?"美术老师和同事好奇地看着赛可。

"是的,莎翁的国度!"赛可说,"你们从小学一直到大学都有戏剧课和社团吧?从小到大沉浸在这样的环境之中!我是说,土壤肥沃,人才就多。"赛可还想说,就像中国的乒乓球,群众基础广泛才能成为冠军的摇篮,"对了,最大的收获是看了《哈姆雷特》和《战马》!"

"赛可,你最大的收获是语言!"罗斯忍不住说,"你不觉得吗?你的语言有很大的进步。"

"是吗?"赛可一愣。

"是的。"同事和美术老师齐声说。

"你的英语很好。"美术老师说。

"和刚到这里的时候相比,完全就是两样。"罗斯说。

"我太高兴了！"赛可咧着嘴笑，"只可惜我讲的是美式英语，美国电影看多了！"赛可打趣地说，"实际上英腔更优雅，更有文化底蕴。"

"罗斯，赛可给你多少费用。"一直盯着赛可看的美术老师扭过头来问罗斯。

"一周一千英镑。"罗斯说。

"谁给你介绍了这样的事情？"美术老师问。

"某人。"罗斯淡淡地说。

赛可有些意外，她以为罗斯会说"朋友"。

晚餐开始了，罗斯从烤箱取出每人一份的热乎乎的舒芙蕾，用透明玻璃罐装着的蛋糕布丁就像炸裂开的金色云朵，口感松软得像棉花糖一样，搭配新鲜的蔬菜沙拉，味道不输西餐厅。

罗斯和同事聊着办公室的事。同事说话极其短促，她口中每个字的发音长度好像都短了一大半，声音也不大，加之地道的北方口音，说起话来赛可基本上就是什么也听不懂。

"哦，我听赛可说中国人很早就可以退休！"罗斯扭头问赛可，"是吧？赛可，你跟她们讲讲中国的情况。"

"退休吗？我妈妈那一代的女性45岁退休，男性50岁。"赛

可回答。

"哦!"罗斯抬头翻了一下眼,长叹一口气。

"真的吗!"同事和美术老师都惊呆了。

"现在也推迟了!"赛可说,"人口多寿命长,国家负担越来越重了。"

"现在多大年龄退休?"三人盯着赛可。

"延长了5年,女性50岁,"赛可说,"男性55到60?不太确切。"

"哦!"三人齐声同呼。

"那也很好了。"美术老师说。

"我想去中国工作!"罗斯说。

"我也是!"美术老师说。

罗斯起身准备主菜,赛可和美术老师收拾餐盘,摆上新的刀叉和酒杯,同事把红酒打开,把所有的酒杯斟上红酒。

主菜是牛肉,此时烤箱中牛排的表面已经烘至焦糖色。罗斯将牛排取出装盘,再摆上几根煮熟的细长绿缨胡萝卜和翠绿的荷兰豆,最后浇上刚煮好的黑胡椒酱汁,色香诱人。

"你的厨艺真不错。"同事尝了一口说。

"你的男朋友真是幸运!"美术老师说,"他经常来利兹吗?"

"他最近太忙了，我准备去意大利看他。"罗斯说。

"他们非常甜腻，"赛可说，"她的男友每天准时打电话，然后聊很久。"

"哦，哦！"两位老师笑起来。

"我明白了你的男友为什么这么粘你！"赛可说，"你拴住了他的胃！"

"我人也很好的。"罗斯挑起眉头看着赛可。

"抱歉，我是说，其中一个原因。"赛可说。

"是的，这样说就对了。"罗斯说。

罗斯把话题转向不久前发生的政府换届，和同事聊着什么，赛可低头品尝自己的牛排。

"赛可，你知道鲍里斯吗？中国人知道他吗？"美术老师问。

"是的，我知道他；他在中国的知名度很高。"赛可说。

"你怎么看他？"美术老师问。

"挺聪明的家伙，"赛可说，"当市长的时候，伦敦的犯罪率下降了很多。"

"我不喜欢他。"罗斯说。

"为什么？"赛可问。

"你知道他以前是做什么的吗？"罗斯问。

"记者、杂志编辑、作家。"赛可说。

"他是个投机分子,我就是不喜欢他。"罗斯说。

"你们赞成脱欧吗?"赛可问。

老师们纷纷摇头。

"选举的时候你们会去投票吗?"赛可问。

"是的。"老师们纷纷点头。

"你们喜欢什么样的领导人,喜欢普京吗?"赛可又问。

"无所谓喜欢。"美术老师说。

"喜欢。"同事说。

"我不喜欢。"罗斯说,"我是说,也许有时会佩服他,但是远不到爱慕的地步。"

"你呢?"老师们也很好奇。

"他是我的偶像!"赛可说,"他简直无所不能!"

"哦,我不喜欢他就是这个原因!"罗斯说,"无所不能,太造作!大部分照片是摆拍的,刻意塑造英雄形象,尤其是裸露着上半身展示肌肉。"

大家哄堂大笑。

"特朗普呢?英国人民喜欢他吗?"赛可问。

"哦不。"老师们纷纷摇头。

"男权主义，粗鲁，没有女人会喜欢他。"罗斯说。

"看他访问英国，很尴尬，"赛可说，"一大家人在女王家里各种摆拍上新闻。"

"你很关注政治新闻吗？"美术老师问。

"算是吧！对我来说比明星八卦有趣得多。"赛可说，"你们不觉得吗？政客们大都是表演艺术家，比很多电影明星的演技还要好。"

……

罗斯最后为大家奉上了甜品——冰淇淋配红酒煮酥梨，摆在白瓷盘子里透着鲜亮甜蜜。

"最近有什么好的电影上映吗？"同事问。

"我和赛可看了《狮子王》，赛可说很喜欢。"罗斯说。

"赛可，你喜欢什么类型的电影？"美术老师问。

"太多了，很多，"赛可一时想不起类型片的词语，"最近喜欢漫威。"

"哦，我不喜欢漫威，我喜欢情感伦理片。"美术老师说，"演员呢？"

"也有很多，女演员有娜塔莉·波特曼、斯嘉丽·约翰逊；男演员最近喜欢《权利的游戏》男主角基特·哈灵顿。"赛可说，

"对了，还有《纸牌屋》的男主角凯文·史派西。"

"哦！"罗斯低叹一声，"你会喜欢他？"

"是的。"赛可说，"我知道他有负面新闻，不过这是个人隐私，和演技没关系。"

"哦！"罗斯目不转睛地盯着赛可，"这不是个人隐私，这是公众事件！"

"他有权选择自己爱谁，不是吗？同性之恋，也是爱。"赛可很困惑，她竟然对一个西方人讲这种话。

"哦，"罗斯的神情缓和下来，"你是说同性恋！你大概不知道他性侵的事件。"

"是的，性侵年轻男子。"美术老师附和着，同事也频频点头。

"并且，他还企图利用自己的名望蒙混过关。"罗斯说。

"天呐！"赛可一脸惊讶，"不可原谅！"

晚餐结束收拾了餐桌，罗斯把餐具送入洗碗机，大家各自端着自己的红酒移步起居室。

两位同事没有立即坐下来，而是共同打量着墙上的画作。

正对起居室门口的墙上是一副抽象派画作，典型的毕加索风格。

"你们知道吗？"赛可在画作对面的单人沙发上坐下，"是罗

斯画的这幅画。"

美术老师和同事转过身，看着刚走进房间的罗斯。

"真的吗？"美术老师问。

"我一直喜欢绘画，前不久画的。"罗斯说。

"那两幅中国画是你从中国带回来的？"同事问。

"是的。"罗斯说着和同事在靠窗的三人沙发上坐下。

美术老师也在赛可对面坐下，打量着赛可，"赛可，我给你拍张照片吧。"她说。

"啊？"赛可犹豫间，美术老师已经用自己的手机对准了她。

"用你的手机也拍一张吧。"美术老师又说。

"我有些畏惧镜头。"赛可迟缓着把自己的手机交出去。

"你的裙子，配着身后这幅画，特别有艺术气息。"美术老师说。

"是的。"罗斯发出肯定，同事也在一旁应和着。

赛可今晚穿了一件重磅真丝裙，是淡雅的香槟金色，在灯光下散发着珍珠一样的光泽，和赛可的肤色与柔和的面部线条相得益彰。

"而且，你的身材也保持得很好。"同事也不吝赞美。

"你的身材才算好，"赛可由衷地说，"非常健美。"

"哦！健美！"几位老师都忍不住笑着惊叹起来——大概，

赛可用的这个词很专业。

"你经常游泳吧？"赛可看着罗斯同事，她有着棕铜的肤色。

"是的，我比较喜爱运动。"同事耸耸肩说。

"运动的人就很不一样。"赛可感叹。

老师们的话题又回到学校；赛可端起面前的红酒，目光落在右手边墙壁上的一幅画框。

这是一副尺寸比 A4 纸略大一些的印刷图片——金色的音轨矢量图，是一首歌曲的音轨图；图片底部用很小的字写着——

  带我回家，家乡的路（take Me Home, Country Roads）
  约翰 丹佛（John Denver）
  永远不要忘记你的路 儿子（Never forget your way son）

赛可想起了利物浦博物馆，想起了罗斯说的那些话，眼前浮现出罗斯父亲的笑容……她情不自禁地举起手机将图片拍了下来，熟悉的旋律在脑海中回响：

  Country roads, take me home（乡村的路，带我回家）
  To the place I belong（去那属于我的地方）

去年夏天

West Virginia, Mountain Mama（西弗吉尼亚，山川之母）

Take me home, country roads（带我回家，乡村的路）

"赛可，你的女儿在这里还好吗？"美术老师的话把赛可的思绪拉回到起居室。

"很好，"赛可从心底里感激美术老师，她总是适时发问，打破赛可的沉闷，"开心到想不起我。"

"听说中国的学生压力很大？"美术老师问。

"压力很大，很辛苦。"赛可说。

"会有很多辅导班？"美术老师问。

"是的，从幼儿园就开始上辅导班，英语、奥数、音乐、绘画、舞蹈……"说着说着，赛可突然有一种感觉——她的后代，中国的未来，将拥有全世界素质最高的公民！这一代人从小就接受着如王室一般全面而严格的教育！

"你女儿呢？"美术老师问。

"学了钢琴，"赛可说，"五岁开始弹琴，考到了七级，四年级放弃了。"

"为什么？"美术老师问。

"功课太多了。"赛可说。

"她在这里会很开心，有很多社团活动。"美术老师说。

"是的，给她打电话的时候，她不是在科学展览馆参观就是在剧院看戏剧，要么就是做实验。"赛可说。

"打算让她来英国留学吗？"美术老师问。

"还没考虑好，也许去美国。"赛可说。

"美国，"美术老师神色疑惑，罗斯和同事也面面相觑，"美国人对亚洲人的歧视很严重。"美术老师说。

赛可虽然在美国没有遭遇过这种情形，她还是相信老师们作为西方人的判断。

"在英国就不会，"美术老师说，"至少要好很多。"

随着厨房后门"咣"地一声响，一阵脚步声传来，克里斯汀出现在起居室门口。

"嗨，赛可！你想跟我出去遛波罗吗？"克里斯汀问。

"当然。"赛可几乎要从沙发上弹起来。

"我在门口等你。"克里斯汀说完扭头就走了。

"很抱歉，我想出去散散步。"赛可跟客人说。她顾不得看罗斯的表情，她必须要出去散步——和克里斯汀一起！她的内心升起一股歉意。

"去吧去吧！"两位客人笑着说，"我们坐一会儿也该走了。"

深蓝的夜空，没有一丝风。

赛可跟在克里斯汀和波罗身后，一路无语。她不断回想着昨天回来的路上发生的一幕。

从利物浦到利兹的路程并不十分遥远，一路阴雨。行至中途的时候，阳光不知不觉从云缝中钻了出来，洒雨的天空竟然挂起了一轮彩虹，清晰夺目，似乎触手可及。罗斯开着车好像在有意追赶着它，和赛可一起感叹它的美丽，而克里斯汀大概又戴着耳机闭目听歌了。那彩虹如此明媚，令人欢欣雀跃，赛可始终按捺着要唤醒克里斯汀的冲动。当罗斯要水喝的时候，赛可想要趁着侧身拿水杯的时候顺便叫一下克里斯汀。就在她扭头的瞬间，首先映入她眼帘的却是克里斯汀那裸露的小腿——一条又深又长、在小腿内侧和腿骨并行的疤痕犹如一条幽暗丑陋的长长的虫子一动不动地趴在那里，如此清晰又令她猝不及防！一丝惊慌划过赛可的眼神，她不禁一愣。那条腿倏地向后收了一下，却没有空间再往里蜷缩，就在赛可拿起水杯的瞬间，一件外套迅速地盖在了那条腿上。

整个过程，赛可自始至终都没有勇气抬头，看克里斯汀的神情。

半个小时后，终于到家了。罗斯迅速下车直接走进房间，赛

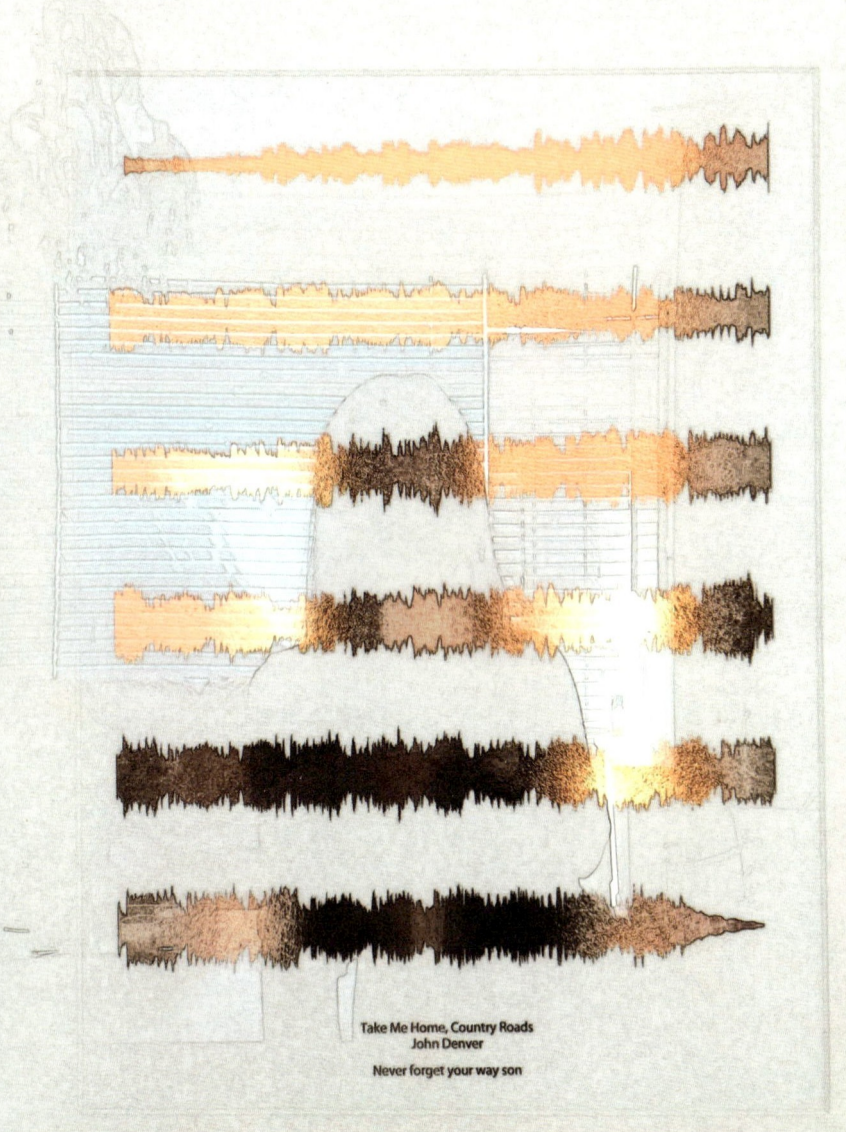

Take Me Home, Country Roads
John Denver

Never forget your way son

可缓缓打开车门下车，只见克里斯汀站在打开的后备箱处，在等赛可过来拿行李。赛可呆站着，而克里斯汀似乎犹豫了一下，然后毅然拎出自己的行李走进了房间……

平时，他都是站在一旁，遵循"女士优先"的。

赛可独自站在车门处，心中就像沉入了一块石头，砸出一个深深的洞……

赛可就这样跟在克里斯汀和波罗身后，回想了一路；围绕社区走了整整一圈，眼看就要到家了。

"克里斯汀！"赛可终于开口，"请不要生我的气！"

克里斯汀停下脚步，转身看着赛可。

"我没有生你的气。"说完他仰起头笑了一下，这笑容令赛可悬着的心轻松了一些。

"你知道，昨天，我很抱歉！"赛可艰难地说，"我不是有意去关注、去看你的腿，可能，我是有些好奇……但是，我、我，"她急切地想要找到合适的用语，来宽慰克里斯汀那颗受伤的、自卑的心，"我觉得那道疤痕很男人！"

"你觉得很男人……"克里斯汀喃喃地重复着。

"是的！因为、因为它就像一个标志，那样的独特，因为，

因为它就是你。"赛可急切地、努力地说着。

克里斯汀认真地听着。

"耶。"片刻的沉默之后,他这样回应。

又是沉默。

两人继续一前一后慢慢地走着,一直走到院子门口。

"克里斯汀,如果,你感到不开心了,就来上海找我吧,我也许还能带你回你外公的家乡看一看,按照中国的传统,那里才是你妈妈的根。"赛可说。

"是的,迟早要去看看。"克里斯汀点点头,"以后有机会,也欢迎你到我的房子去作客。"

"谢谢!"赛可点头,然后快步走进院子……

29

雨刷兴奋地摇摆着,眼看着出城的车越来越多,而雨却是瓢泼一般越下越大。

"我们要迟到了。"罗斯手搭着方向盘,无奈地说。

车子缓慢前行,中午时分终于渐渐开出了市郊。

罗斯看看时间,然后一边开车一边拨打着电话。几次拨打之后,电话终于接通了,汽车音响传来一位中年女人的声音。罗斯解释了被大雨阻碍交通,导致不能按照预约时间到达老特拉福德球场(Old Trafford Stadium)参观的情况。

"不能保证可以约到后面的时间,"工作人员说,"如果全都约满了,我也无能为力。"

几番交涉,工作人员为罗斯和赛可重新安排了下午的参观时间。

罗斯满怀感激,一再道谢。

"搞定了!"挂断电话,罗斯长出了一口气。

"你很厉害。"赛可咧着嘴笑。

"是的,"罗斯轻松地说,"我很擅长和人打交道。"

"罗斯,今晚我请全家人吃饭,"赛可说,"算是告别和答谢晚宴,帮我订一家好点的餐厅吧。"

罗斯沉默着,一时不知道该说些什么。

"上次我俩去的那家意大利餐厅就很不错,"赛可见罗斯默不作声,就继续说道,"就那家吧。"

"你太客气了。"罗斯说。

到达老特拉福德球场时雨已经停了,低沉厚重的灰色云层垂挂在天空中。

欢迎来到"梦剧场"(The Theatre of Dreams)!这里是英超"红魔"曼联足球俱乐部的主场,是全英格兰第二大的足球场,也是英格兰三座欧洲足联五星级足球场之一。置身其中,每个人都会感觉犹如置身梦境,一种不真实感油然而生。

参访者按预约时段被分为不同的小组,由工作人员带领到各个场地依次参观,每个场地都有专人讲解。

在展览馆,整整一面墙壁的橱窗里陈列着令人眼花缭乱的冠

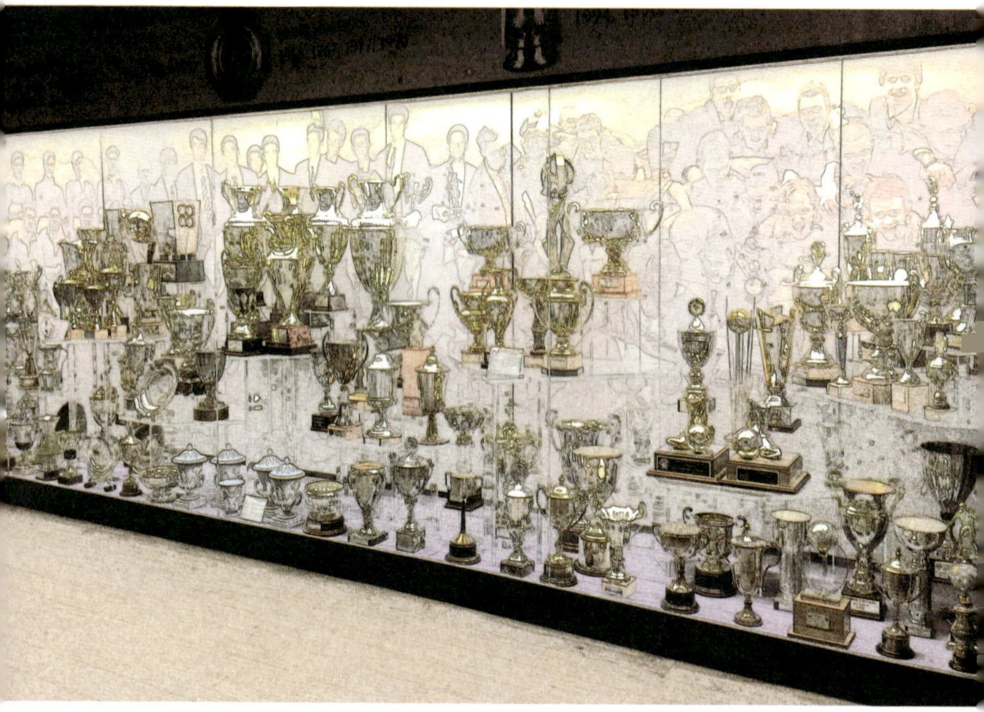

军奖杯，是真正"闪瞎眼"的感觉。

这里有无上的荣耀，也有球场在二战中经历空袭、球队在"慕尼黑空难"失去大部分球员生命的沉痛记忆——在球场南看台外墙上的"慕尼黑时钟"的指针，被永久定格在了事故发生时的 1958 年 2 月 6 日下午 3 点零 4 分。

穿过球场看台下面昏暗宽阔的地场，进入球场的瞬间，赛可终于体会到"梦剧场"的美与震撼——色彩瑰丽的红色看台和翠绿得有些不真实的草坪，在厚重低沉的灰色天空下无比鲜艳，就像是走进了电影屏幕中，一切都美得空洞而寂静。

负责讲解的工作人员彬彬走来，是一位灰白头发的老先生——架着玳瑁细框眼镜，身着笔挺的黑色西服搭配一条红色条纹领带。

"从 1910 年 2 月 19 日球场竣工并在曼联对阵利物浦的比赛中完成球场揭幕赛以来，球场经历了二战期间被德军两度轰炸，并经过无数次的改建与扩建。"老先生的讲解字正腔圆，洪亮的嗓音在球场中回荡。

"我们的对面是南看台，媒体记者会坐在那里，因此电视上的景观就是南看台的景观。2016 年，南看台被命名为"博比·查尔顿爵士看台"（Sir Bobby Charlton Stand）。"

"1966 年，查尔顿带领英格兰队获得了唯一一次世界杯冠军，球场外的三人雕像就是查尔顿与乔治·贝斯特、丹尼斯·劳。"

"南看台中间的球员通道，一会儿我们将从那里去往球员休息室。"老先生话音未落，参观小组一阵骚动。

南看台介绍完毕，老先生便带领人群继续在球场看台绕行。他独自走在前方，步履矫健轻盈，身姿挺拔。

"这边是著名的西看台——斯崔特福德看台（Stretford End），是曼联球迷的根据地。比赛时助威声最响亮、标语和旗帜最多的地方就是这里，这里有最地道的曼联球迷的文化。"

接着，老先生把手高高举起，挥向另一边看台——其间的白色座椅拼成巨大的"曼联"（MANCHESTER UNITED）字样，"这个北看台，2011 年 11 月 5 日，弗格森爵士在俱乐部执教 25 周年之际，它被命名为埃里克斯·弗格森爵士看台（Sir Alex Ferguson Stand），第二年揭幕了伫立于北门的弗格森铜像。"

人群抬眼望去，三面看台的顶檐都用同样的红色字体写着各自看台的名称。

"这边是东看台，"老先生继续讲解，"是记分牌看台，是伤残人士及作客球迷区，俱乐部行政中心的工作地点也位于这个区域。"

"再看球场，球场的中心比边缘高 9 英寸，所以下雨时球场表面的雨水能流向球场四周边缘。草地 10 英寸下是地底发热系统，藏着 23 英里长的胶制导管。草地定时洒水，雨季洒水较少；四月至十一月期间，每星期会洒三次水；十一月至三月每星期会洒一次水。"

老先生洋洋洒洒地介绍了许久，接着还讲述了俱乐部球迷会员的联谊与各项活动。在整个讲解过程，老先生始终保持着挺拔的身姿和儒雅的风度。

参观人群由南看台经过球员通道，终于来到了"球员更衣室"，这个最令球迷兴奋之地。现场比电视新闻的画面显得更加洁净明亮，每个座位都有它专属的主人——环绕更衣室内的椅凳上方依次挂着球员的球衣。无论男人女人孩子成人，参观者都兴奋地拍照留影。

赛可在室内静静地走了一圈独自退了出来，不爱留影的她想赶快给别人留出拍照的空间。

"这么快就出来了？"罗斯站在门口看着满屋不愿离去的人们诧异地问赛可。

"你不进去看看吗？"守在门口的老先生问罗斯。

"不，"罗斯耸耸肩，"我不是你们的球迷。"罗斯看着老先生的眼睛说。

"哦？"老先生有些意外，"你的球队是？"

"利物浦。"罗斯骄傲地说，"如果不是为了陪她来，我永远也不会来的。"

"可以理解。"老先生看着罗斯，也耸了耸肩。

"我想问，这个球场大概能容纳多少观众？"赛可说。

"大概是八万观众。"老先生说。

"她来自中国。"罗斯说。

"印象深刻！"老先生向前微微含胸低头，镜片后面闪过一道光芒。

"谢谢！"赛可说。

"一位真正的绅士。"赛可心想。

参观结束，游客们少不了去纪念品商店为朋友和家人选择球队纪念品。店内人满为患，赛可担心罗斯等得太久，时不时地看向坐在店内休息区台阶上的她，好在罗斯一直在打电话，并不显得疲惫无聊。

赛可好不容易买好了球衣，然后和罗斯一起来到商店外面排队，给球衣印上自己和亲友喜欢的球员的名字和号码。

球场一侧桥水运河（Bridgewater Canal）静静地流淌着，无声地诉说着曼联和利物浦球迷的仇恨之源。

19 世纪初，曼彻斯特（Manchester）已经快速发展为英国工业中心，城市里有许多制造工厂，这些工厂需要的原材料要从美国南部船运到英国，而到达英国的港口就是利物浦（Liverpool），也就是说，原材料要到达曼彻斯特，必须经过相隔只有 35 英里的利物浦。后来，利物浦港口单方面向曼彻斯特的进口商增加大额入关税，造成了整个曼彻斯特的不满。为了报复利物浦，1761 年，曼彻斯特自己开挖了一条人工运河——桥水运河，这样原材料就可以不经过利物浦港口而直接到达曼彻斯特，它是英国第一条真正的人工运河，在商业上取得了巨大成功，并由此引发了"运河热"。

在曼联足球队的队徽上，那个手持三叉戟、呆萌的小红魔弗雷德（Fred）头顶上就是运河和帆船，仿佛时刻都在宣示着自己的运河历史和港口地位。

"这件印什么名字？"工作人员问赛可手里最后一件红魔球衣。

"贝克汉姆。"这是赛可为自己买的；她还给自己买了一顶黑色棒球帽，此刻就戴在头上。帽子上有大大的金红色徽标，搭配

身上的牛仔裤和黑色毛衣加上金色贝面的毛衣链,她觉得很酷。

"这个名字不能印,版权不属于我们。"工作人员说。

"C罗,罗纳尔多。"赛可说。

"也不行。"工作人员耸耸肩。

"7号。"赛可说,"7号可以吧。"

"当然。"工作人员说。

离开时,天色已经不早了。

"7号也不错,"赛可咕哝着,"既是小贝,又是C罗,两个都有了。"

"赛可,晚餐可不可以邀请亚历山德拉?"在车上,罗斯问道。

"当然!非常欢迎!"赛可说。

"谢谢你,赛可!"罗斯说,"你戴这顶帽子就像个小女孩。"

推开家门,赛可被眼前的景象惊讶到了——屋顶挂满了彩色剪纸的装饰,镜子上金色的字体写着"生日快乐,赛可!"字体周围被金色的雪花和小星星点缀得满满当当,餐桌上单柱玻璃托盘上摆着一个泛着诱人光泽的巧克力蛋糕。

"哦!"赛可语塞。

"今天是你的生日,"罗斯说道,"克里斯汀布置了这些。"

赛可稍稍一愣,克里斯汀屏住呼吸盯着她。

"哦,是的,原来你知道!"赛可说,她听到自己的语调有些变形和夸张,"我的护照?"赛可问。

"是的。"罗斯说。

罗斯显然不懂得中国人同时在用太阳和月亮两个历法,即阳历和阴历。

"太意外了,谢谢你罗斯!"赛可说,"谢谢你克里斯汀!"

"我上去休息一下,等亚历山大他们下班回来,我们就出发去餐厅。"罗斯看看还没缓过神来的赛可,一边说着一边上楼去了。

赛可看着蛋糕,不由地用双手捧着脸笑了起来。

她抬头看着对面的克里斯汀,"谢谢你!"

克里斯汀凑过身来,把脸贴着赛可的耳朵,"生日快乐!"他压低声音说道,然后便开心地从后门走出了房间。

赛可上楼之后没有休息,想要为晚餐聚会做一些准备。她画上细细的眼线然后晕染开,并且刷上睫毛膏,淡淡的烟熏妆给眼睛增加了几分明亮和深邃;她用深红色和裸色两种口红混合出裸粉色唇妆,并在鼻梁两侧扫上一抹淡淡的绯红;接着换了件后背

开衩、蕾丝面料的小黑裙，为了不显得太隆重并且增加一些年轻时尚的元素，她没有选择拉杆箱里那双香槟色网眼高跟鞋，而是穿了在维多利亚商场买的厚底休闲小白鞋；最后，在出门之前，她又套上了那件蒙口（Moncler）的蓝色风衣。

两个亚历坐在后排，罗斯和赛可也都上了车，等待着那位"穿衣纠结症"者。

"克里斯汀就是这样！"亚历山大有些生气，"总是他，每次都是他！所有人都要等着他。"

克里斯汀终于上车了，他又穿了那件地中海蓝色的衬衫。

车子行驶在湖边郊区的道路上，深蓝色的天空刷了一抹明快绯红的彩霞，车窗外飘来阵阵湖水和草木的味道，车里播放着轻松舒缓的电台音乐。

到达小镇的时候，亚历山大正在谈论关于幸运数字的话题。

"我的幸运数字是 7。"赛可说。

"没有位置停车。"罗斯喃喃说道，"嗯，这里，最后一个车位！"

"哦，是 7 号！"亚历山大喊着，"7 号停车位！你的幸运数字为我们带来了好运！"

众人啧啧称奇，赛可也为此开心不已。

今天餐厅没有演出活动，客人比上次少了很多，整个餐厅灯火通明，因此更显通敞亮堂。

有着意大利外形与气质的中年男侍依旧笔挺地站立在一旁服务，赛可认出了他，于是冲他微微一笑。他显然也认出了赛可，于是走上前去为她们点单。每个人都点了自己的主菜，赛可的主菜是亚历山大为她推荐的，"我在意大利餐厅工作过，相信我。"他说。

"请你们每人再点一份汤和酒水吧！"赛可说，"请给我们来一份火腿拼盘和凯撒沙拉。"她看向侍者。

看到每个人的杯子都已斟满了酒，于是赛可举杯，"首先，我要向大家敬酒！"赛可说，"感谢你们！感谢并感恩！"

"不！不！"罗斯低声叹道，克里斯汀也感到意外并摇头。

"别说感恩。"克里斯汀说。

"我是认真的。"赛可说。

"我们不用'感恩'这个词，太美国了。"克里斯汀说。

"是的。"罗斯说。

"好吧，只是感谢！"赛可说。

"这就对了。"大家嘟囔着。

"谢谢你,罗斯!"喝完了汤,赛可举杯逐一致谢,"非常感谢你的照顾!谢谢你克里斯汀!因为我,你不得不住一个月的房车!谢谢你的热情,亚历山大!"赛可停顿了一下,"你和克里斯汀是真正的绅士!"听到这句话,罗斯的脸上绽放出满意的笑容。

"亚历山德拉,你很漂亮!欢迎你和亚历山大来上海!"赛可一口气说着。

"我真的很想去上海看看,我还没去过中国,"亚历山大说,"克里斯汀跟我妈妈去过香港,但是我还没有去过。"

"欢迎你们,我可是个不错的导游。"赛可笑道,"上海有中国各地和世界各地的美食,你会爱上那里的。"

"哦,上海的饺子!"罗斯点着头,"哦!那种味道,太美味了!我到现在还记得。"她说。

"油煎的那种?"赛可问。

"是的。"罗斯说。

赛可使劲点点头,"再到上海,请你们吃!"

"上海的美食给我留下了深刻的印象,"罗斯说,"品种太多了!尤其是酒店,从来没有哪里的酒店像上海的酒店那样,早餐

如此丰盛！有一次，我去上海出差的时候带了一位同事，她是第一次去中国。酒店的丰盛早餐令她感到十分惊讶，她把所有品种尝了个遍，肚子撑得一天不用吃饭，她还建议我跟她一样，"罗斯扶着额头笑起来，"否则太遗憾了！"

"是的，你们喜欢的火锅，如果是在中国，光调味料就有几十种，非常丰富。"赛可说。

"哦，对了，"亚历山大津津有味地听着，突然说道，"我给你推荐的主菜怎么样？"

"很好！"赛可说，"你是专业的。"

"对了，我们来张合影吧！"罗斯说着，转身示意侍者为大家拍照。

"你们一家人合照才是完美的。"赛可边说边起身，"抱歉，我去下化妆间。"

赛可返回座位的时候，罗斯把手机摆到她面前，照片上一家人脸上写满了大写的幸福。

"必须把你放到照片里。"罗斯手指着照片说。

在罗斯手指的地方，一家人的身后，不远处的扶梯转角处，有一个小小的身影，是身着黑色蕾丝裙的纤细女子，裙子后背的

开衩处在她背上留下一条白皙的优雅曲线,而她正低头抬脚欲步上台阶。

赛可心中一惊——不知有多久,她从未好好看过自己了。

罗斯把手机收起来,也起身去化妆间;等她走后赛可示意结账买单。

"这些火腿打包。"克里斯汀对侍者说。

付完了账单,赛可拿出风衣口袋里的零钱包,把里面所有的硬币全部倒在手上。"我很抱歉!"她看着侍者,"我没有拿手包,这里全是硬币!"

"哦!"侍者不苟言笑的脸庞露出一丝不安,"这,太慷慨了!"

"我很抱歉!"赛可又一次说着把硬币放在侍者的手里。

"哦,赛可,我也有一个这样的零钱包。"亚历山大兴奋地说,"一模一样!"

亚历山德拉看着赛可手中的包也面露惊喜之色。

赛可笑了笑,忍住了"我有很多类似品牌的包,不过奢侈品这个词太过时了,所以不好意思再用了"之类聊天的闲话。毕竟,在现代商业社会中被商品淹没着的现代人眼里,国际品牌就像全世界的通用语言,至少,亚历山德拉的表情就说明了这一

点。

等到罗斯回来,众人起身离开,克里斯汀把打包的火腿拼盘端在胸前,就像捧着心爱之物。

车子行驶到小镇街口的转盘,亚历山大突然大叫,"快看快看!花池上有狐狸!"

"是的,有两只!"克里斯汀跟着喊叫,"那边还有一只!"

于是大家一阵兴奋的叫嚷,好不热闹。

"嘿,赛可!你在这里买房子吧!"路过一片别墅区的时候,亚历山大说。

"我喜欢惠特比。"赛可说。

"哦,那里全是老人!退休的人喜欢去那里养老。"亚历山大用一本正经的语气说。

"是的。"克里斯汀附和着。

"好吧,那就等我退休吧!我也这么干。"赛可笑说。

"赛可,搬来英国吧!我会想你的。"亚历山大非常认真地开着玩笑。

"哦!你太甜心了!"赛可说,"我可不能再来了,已经打扰了你们的日常生活了。"

"赛可,你就是我的日常!"亚历山大说。

回到家里第一件事就是插上蜡烛过生日,巧克力蛋糕上插满了金色蜡烛,对鲜花有着无比热爱的赛可发现蛋糕上多了一朵不知名的白色小花。

大家唱起了生日歌并让赛可许愿。

"我希望大家……"

"不行不行,"众人嚷嚷着,"在心中许愿,不要说出来!"

赛可双手端在胸前默默地在心中许下愿望:"我希望这家人永远幸福下去!希望克里斯汀永远快乐!"

吹灭了蜡烛,房间恢复光亮。两个亚历送上用礼品纸包装的生日贺卡,罗斯也送上一个用几何图案的礼品纸包裹的、细麻绳子包扎的生日礼物。赛可打开来看,那是一条蓝色的桑蚕丝长巾,图案正是梵高的《星空》!

"哦!罗斯!"赛可惊呼。

赛可走到罗斯跟前,在她脸颊上轻轻一吻并且拥抱了她。

"赛可!"亚历山大走到镜子前,拿起桌子上的金色彩笔,"看!"他一边写着数字17一边说,"十七!祝你永远十七岁!"

"赛可今天买了顶帽子,戴着帽子看上去就像一个小女孩!"

罗斯说。

"哦，还有一件球衣。"赛可突然想起来，"我买了一件超大号的球衣，我要当作裙子穿。给你们看看！"她一边说着一边急匆匆地上楼，只片刻就兴冲冲地出现在大家面前。

"看！"赛可穿着球衣戴着棒球帽，宽大的红色球衣跟短裤一样的长度，"像不像一条裙子？"她转过身去，"看这里的数字！7号！"

房间里意外地安静，赛可转过身看着大家，——只见亚历山大瞪大了眼睛盯着自己，眼球就要瞪出眼眶了，他整个人就像被钉住了一般。正在赛可一头雾水的时候，亚历山大惊呼，"曼彻斯特？！"那神情就像看到了外星人。

"对啊！七号！"赛可赶忙解释，"贝克汉姆！罗纳尔多！"此时赛可急切地想引起众人的共鸣：这世界上存在不喜欢这两个超级球星大帅哥的人吗？如果有，那就是嫉妒！——来自于男人。

赛可看着镜中的自己，感觉充满了活力。回过神来却发现只有自己一个人孤零零地站在房屋的中间，而其他人不知怎么地，就像瞬移一般聚在后院聊着天。

赛可呆愣片刻，终于反应过来——这家人可都是利物浦的球

迷啊！于是悻悻然返回楼上重新换了裙子回来，众人于是瞬间返回室内。

"可以吃蛋糕了吗？"赛可终于松了一口气。

"当然，开始吃蛋糕。"罗斯说。

克里斯汀切了蛋糕装盘，并且在其中一份蛋糕旁边放了一个香草冰淇淋球，他把这份蛋糕递给了赛可。

蛋糕上的黑巧克力泛着油光滑糯的光泽，赛可拿起叉子大口吃着，赞不绝口。等她吃到一半的时候，却发现其他人都不为所动。

"你们难道不吃吗？非常美味！"赛可说。

亚历山德拉摇摇头。

"哦！你们真的过分，竟然都不尝一下！"赛可说，"这是克里斯汀亲手做的，我敢说比外面餐厅做的还好吃！"

听到这话，亚历山德拉心动了，她端起一份蛋糕吃起来。

"这就对了。"赛可说，"好吃吗？"

"很不错。"亚历山德拉点头。

"绝对的！"赛可说。

这个家里就像在开一场欢乐的派对，直到深夜。

30

清晨，出奇的安静。

赛可站在窗前看着安静的街道。

"平和而宁静"，她想起了克里斯汀说过的话。赛可转过身来环视着房间，一切都已经恢复了原样，就像她刚刚来到这里的第一个晚上，没有一丝痕迹能够证明这里曾经居住过一位陌生来客，仿佛一切都没有发生过，除了——床头柜上花瓶中即将凋谢的向日葵。

赛可到前院的花丛折了几支不知名的花草，返回卧室把向日葵换掉。花影清疏斑盈，房间有了新的生机。

不知罗斯去了哪里，她的卧室门是敞开着的，但是楼下却没有她的踪影。院子里传来汽车马达的声音，赛可下楼和正巧进屋的罗斯打了个照面。

"我去买了些食品。"罗斯边说边走向餐厅。

手脚利索的她就像训练有素的专业厨师，赛可刚刚泡好两杯咖啡的功夫，罗斯就把早餐端到了桌上。

两人相对而坐，正要用餐，罗斯"哦！"地一声长叹。

"忘了一件事情！你先吃饭！"罗斯说着站起身来，快步走向前门，紧接着是汽车发动的声音，随着声音越来越远，房间内又出奇的安静。

罗斯回来的时候，赛可已经吃完了早餐，正在刷自己的盘子。

"我买了报纸，"罗斯说，"英国人的周末，早餐时光就是这样度过的。"

赛可回到餐桌坐下，拿起咖啡杯旁的报纸翻看着。

"周末的报纸和平时有所不同，会有许多增刊，内容丰富。"罗斯说。

"谢谢你，罗斯！"赛可说。

"这样就完美了。"罗斯用刀叉切了一块放凉的西多士，自言自语着。

"你慢慢看，还有充足的时间收拾行李。"罗斯又说。

"昨天去曼彻斯特前就收拾好了。"赛可说。

"你太自律了。"罗斯喃喃地说，"你知道吗？你是一个相处起来非常舒服的人，你的兴趣爱好广泛、愿意接受新事物、愿意

尝试，而且，"罗斯停下手中的刀叉，看着赛可，"你不像其他人那样，来到这里就是购物、购物。"

离开的时间到了。

赛可拖上行李箱，走出卧室门的一刻回头看了一眼床头柜上的花草，她停下来，走过去，从包里拿出一块自己最喜欢的巧克力摆在了花瓶旁边。

罗斯发动了汽车，赛可关上后备箱准备上车，却扭头看见站在门口的克里斯汀——他终于还是出现了。

克里斯汀站在那里一动不动地看着赛可，赛可走过去，两个人看着对方相视一笑，拥抱告别。

车子行驶在去往车站的路上，看着倏忽远去的树木和建筑，赛可心潮澎湃——不知从何时起，她的心底干涸又冷寂，不知何时起，她的心底重又升起了暖意。

赛可的眼前浮现出了一个年轻女子的脸，很久很久以前见过的一张面孔……

记得那时初入职场的自己四顾茫然，不知人生的方向何在，人生的价值又有几何。有一天，她拖着疲惫的心去一家美容院，

躺在按摩床上郁郁寡欢之际,听到外间厅堂一阵清脆的笑声——几个年轻的美容师和一个女子家长里短地聊着。

"你的皮肤好白啊!"一位美容师小姐姐轻柔地说。

"我经常做美容!我很爱美的!"女子的声音清脆纯净,不由地引人聆听。

"你的声音也很好听,很甜……"众人你一言我一语地夸赞着女子,犹如众星捧月。

赛可感觉美容师们今天的语气都格外温柔。

"我还喜欢唱歌!"女子说。

于是在众人的请求下,女子没有丝毫的羞怯,张口便唱了一首当时红遍大江南北的流行歌曲——《让我轻轻地告诉你》。

"让我轻轻地告诉你 天上的星星在等待

分享你的寂寞 你的欢乐

还有什么不能说

让我慢慢地靠近你 伸出双手你还有我

给你我的幻想 我的祝福

生命阳光最温暖

……"

歌声虽不完美,她那清脆纯净的嗓音和自我沉醉竟让聆听的

人感受到了震撼。曲毕，掌声和赞美声一同响起，女子开心地咯咯笑着。

赛可完全被这笑声吸引住了，于是起身向外走，好奇心要她一睹这女孩清纯阳光的风采，"该是怎样绝妙的女孩！"她想。

走出房间，赛可看着眼前满脸笑容的女孩——一个面容姣好，皮肤白皙的女子，赛可呆住了——她是一个双目失明的盲女！

震惊过后，一种无地自容的情绪笼罩着赛可——有生以来第一次，她实实在在地感受到了作为一个健全人的自己是有多么的无病呻吟与矫情！

车窗上，赛可的面影微微扬起了嘴角——

而今的她又来到了年龄的关卡，每天都感受着人生这趟列车在急速飞驰，头也不回地开往那已知的终点。

她怕了——不是怕那个终点，而是怕此后的历程。怕父母亲人相继离自己而去，怕孩子不能健康平安地度过一生；怕世界不够和平，怕地球遭到伤害……

她不敢看网络上的负面新闻，不敢看网络上的负面言论——人生太苦了，我们的内心都太苦了，她无法再承受别人的苦……

渐渐地，将心灵封闭起来不问人间冷暖、社会疾苦的她以为

自己本就生性凉薄、心肠坚硬，她不愿听别人的悲伤和不幸，甚至不知道上次流眼泪是在什么时候。

自己最初是什么模样，她早已忘记了……

她失去了自己……

她把自己弄丢了……

直到遇见万里之外的这个家庭，遇到罗斯，遇到克里斯汀，有生以来，她又一次实实在在地感受到了自己的无病呻吟，几乎又一次无地自容——这个世界上的人，无论距离你多么遥远，都在努力地生活着！他们都是你啊！

一串滚烫的眼泪滑下脸庞……

她想，看到女儿的时候，自己一定要用最傻的笑容给她一个最深情的、最紧的拥抱。

（终）

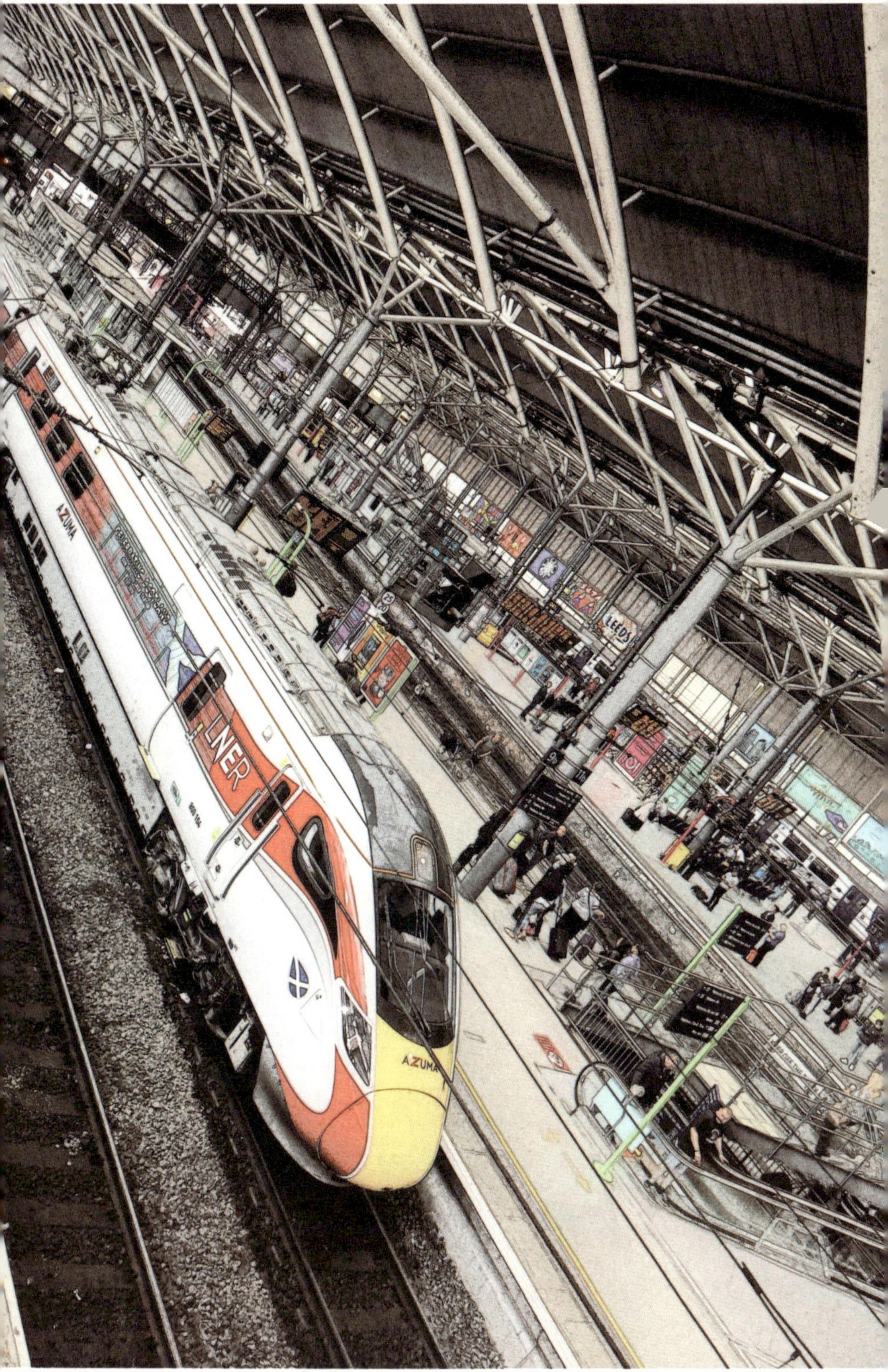
LNER
AZUMA
LEEDS

图书在版编目（CIP）数据

去年夏天 / 尚曼子著 . — 上海：上海文艺出版社，2024
ISBN 978-7-5321-8898-7

Ⅰ.①去… Ⅱ.①尚… Ⅲ.①长篇小说—中国—当代
Ⅳ.①I247.5

中国国家版本馆CIP数据核字（2023）第210146号

责任编辑　徐如麒　毛静彦
封面设计　徐　徐

书　　名	去年夏天
作　　者	尚曼子 著
出　　版	上海世纪出版集团　上海文艺出版社出版
地　　址	上海市闵行区号景路159弄A座2楼　201101
发　　行	上海文艺出版社发行中心发行
	上海市闵行区号景路159弄A座2楼　201101
	www.ewen.co
印　　刷	江苏图美云印刷科技有限公司
开　　本	880毫米×1260毫米　1/32
印　　张	10.75
字　　数	183,000
版　　次	2024年1月第1版　2024年1月第1次印刷
书　　号	ISBN 978-7-5321-8898-7/I·7010
定　　价	98.00元

（敬启读者，如发现本书有印装质量问题，请与印刷厂联系 0571-89895908）